鬼怒楯岩大吊橋ツキヌの汲めども尽きぬ随筆という題名の小説

西尾維新

NISIOISIN

講談社

鬼怒《きぬ》楯岩《たていわ》大吊橋《おおつりばし》ツキヌの
汲めども尽きぬ
随筆という題名の小説

鬼怒楯岩大吊橋《きぬたていわおおつりばし》ツキヌが脳外科医である犬走《いぬばしり》キャットウォーク先生の飼育する面構えのない猫のペットシッターを勤めることになったのには複雑な事情がある。むろんすべての人のすべての就職には複雑と言える事情があるはずで、何も鬼怒楯岩大吊橋ツキヌは、この世で複雑な事情を抱えているのは特別な自分だけだとこれ見よがしに悲嘆に暮れているわけでも、まして大胆に、不幸自慢のマウンティングを試みているわけでもない。それははっきりと断っておく。また同時に、仮に複雑でない、シンプル極まる就職活動でトントン拍子に就職が決まった人物がいたとしても、そんな経緯を羨みこそすれ、責めようなんてつもりはない。毛頭ないし爪の先ほどもない。なんならすべての就職がそうであるべきで、尊い理想形でさえあると思う。その上でよくよく考えてみれば、人生の軸となるであろう就職をシンプルに実現できてしまったという事態は、それだけでもう複雑時計のごとく複雑だと言ってしまってもよいのではないだろうか？　言ってしまってよいとしても言うまでもなく、就職や、それに紐付いた労働が、人生の軸となるというのは鬼怒楯岩大吊橋ツキヌの個人的な意見であり、まったく一般論ではないし、複雑時計は確かに芸術作品ではあるけれど、ソーラーパネルで動くデジタル時計に反旗を翻す意思表明でもない。第一、ミレニアル世代である鬼怒楯岩大吊橋ツキヌは、腕時計をしていない。スマートフォンの待ち受け画面で事足りるのだから……、だからと言って、世の中にはスマートウォッチというものもあるのだし、手首に腕時計を巻くトラディショナルな行為を否定したいわけではない。このように腕時計を擁護する行為は、取りようによっては更にトラディショナルな懐中時計や柱時計、壁時計を誹謗中傷しているとも受け取られかねないけれど、当然ながら鬼怒楯岩大吊橋ツキヌにそんな意図はないことはここに、鳩時計のように明言しておく。鳩時計のようにという比喩に深い意味はない。平和の象徴だから鳩を連想しただけであり、鬼怒楯岩大吊橋ツキヌは鳩時計そのものは見たことがない。が、見たことがないというのは商品にとって悪口になってしまうかもしれないので、今のは聞かなかったことにしてほしい。

ともかく、鬼怒楯岩大吊橋ツキヌは、数奇な運命に巻き込まれる形で、ペットシッターという肩書きを獲得するに至った。もっともそれが数奇な運命かどうかと言うのはあくまでも個人の感想であり、公的な機関から正式な講評をいただいたわけではないので、聞き手によっては鬼怒楯岩大吊橋ツキヌの自叙伝は、退屈極まるライフログでしかないだろう。数奇という言葉をそんな簡単に使ってほしくないという意見もあるし、言うまでもなく、ライフログを否定しているわけではない。あれは生活習慣を健康的に保つために大切な日々の記録である。素晴らしい。今日からだって始めるべきだと、日記なんて夏休みの宿題でだって、三日も続けられなかった鬼怒楯岩大吊橋ツキヌは、本気でそう思っている。ついでに三日も続けられなかったというのはやや大袈裟な物言いで事実に即していなかったので一週間程度と訂正して謝罪しておく。つい大きく言ってしまった。ただし一週間程度という表現が、果たして何日分ほどの幅を持っているのかを、はっきり定めているわけではない。五日から十日かもしれないし、あるいは一日から二週間に及ぶかもしれない。五十億年という歳月と比べるならば、一週間と一年とて、誤差の範囲内だろう。誤差ならばいいと言っているわけではない。

他の人がどう思っていたかはわからないが、鬼怒楯岩大吊橋ツキヌは、自分がペットシッターとして働くことになるなんて、夢にも思っていなかったことだけは確かだ。

他の人がどう思っていたかはわからないがとは言ったものの、むろん、どうも思っていなかったに決まっている。ここは自意識過剰な修辞を強く恥じねばならない。鬼怒楯岩大吊橋ツキヌは、誰かに何かを思われたことなんて一度もない。断言してもいい。否、断言するのはやや行き過ぎである。この世に絶対はないのだから。もっともこの世に絶対はないという言葉は自己言及的な嘘であることも注釈しておかねばフェアではなかろう。遡って訂正すると、鬼怒楯岩大吊橋ツキヌは、誰かに何かを思われたことなんて数度しかないと思われる、もう少しあるかもしれないが、それを自分では認識していないという文章になる。ただしこの瑕疵のないテキストすら自意識過剰であり、また被害者意識が強めの文脈であることを認めないわけにはいかない。認めないわけにはいかないという言葉は、みとめないわけにはいかないともしたためないわけにはいかないとも読めるが、今のは後者の読みの意味で使った。では、何が自意識過剰かつ被害者意識が強めなのかと言えば、誰かに何かを思われたことなんて数度しかないとのたまう鬼怒楯岩大吊橋ツキヌとて、誰かについて何かを思ったことなんて、数度しかないという真実である。もう少しあるかもしれないことはない。数度だ。自分だけが他人から何も思われていないわけではなく、むしろ他者への興味のなさで言えば、鬼怒楯岩大吊橋ツキヌの右に出る者はいない。あくまでも個人の感想であり、自己評価であり、また右に出る者はいないという表現は右利きの人間を基準に作られたと思われる慣用句であり、左利きの人間に対する配慮に欠ける可能性があるが、鬼怒楯岩大吊橋ツキヌに、そのような視野の狭い意図はない。何故なら鬼怒楯岩大吊橋ツキヌ本人が左利きである。別段、左利きの人間だからと言って、左利きの人間を不当に扱わないとは限らないことにも触れずに語り続けるわけにはいかないし、実際鬼怒楯岩大吊橋ツキヌは利き腕に関して自虐的なことを言うし、また逆に左利きは天才が多いなんて俗説に嬉しくなったことがないとも言わないが、いずれにせよ鬼怒楯岩大吊橋ツキヌは、他人に興味があんまりない。あんまりというのはニュアンスをソフトにするために足した言葉だが、自分の人生に対しても興味があんまりない。

だからペットシッターになったことも、予想だにしていなかったのは決して誰かを騙すためについた嘘ではないけれど、驚いたかと問われると、それほどでもないとクールぶって答えるしかないだろう。しかないだろうとは言ったが、もちろん、他の選択肢もある。いっぱいある。そもそも驚いたかどうかなんて問われていない。いつものように自分で自分の心に訊いただけだ。ただし鬼怒楯岩大吊橋ツキヌは、心の存在なんて、幽霊と同じくらい信じられないし、占いと同じくらい胡散臭いと考えている。いや、幽霊や占いを心から信じている人を揶揄しているわけではまったくない。幽霊がいたり占いが当たったりすれば、それは素敵だと思っている。思っていないが、鬼怒楯岩大吊橋ツキヌは、そう迎合することくらいはできる。ただ、心なんて、所詮は脳内で起こる化学反応でしかないと感じているのだ。脳内で起こる化学反応によって。

そうじゃない、脳外でも起こるという意見を尊重しないという意味ではない。すべての意見には等しく耳を傾けるだけの値打ちがあるけれど、あくまで鬼怒楯岩大吊橋ツキヌの意見はそうであるということしか意味していない。しかしながらこの点が、鬼怒楯岩大吊橋ツキヌが脳外科医・犬走キャットウォーク先生のペットシッターを勤めるにあたってもっとも重要な点のひとつだったと言える可能性はある。もっとも重要な点のひとつという翻訳的な表現が数学的に矛盾していることは今更指摘されるまでもなく重々承知しているが、ここは慣例に従って、軽々には修正しない。矛盾しているという指摘を軽んじているわけではない。重々という言葉を使ったから対照的に軽々という言葉を使ってみただけだ。また、軽んじてと言えば、鬼怒楯岩大吊橋ツキヌは、まさか自分がペットシッターになることがあろうとは夢にも思っていなかったけれど、それはペットシッターという職種を不当に軽んじていたからだと悲しい誤解をされたならば、それは是非解いておきたい。己の発想の中になかっただけで、それはペットシッターになりたくなかったという意味では断じてない。他方、ペットシッターという言葉自体どうかという声も聞こえてくることを乱暴に無視しようだなんて思っていない。声を無視するという言葉は事実に即していないようでもあるから、聞こえないふりをすると訂正すべきかもしれないが、ともあれ、今は共に暮らす動物を、ペットと呼ぶことをよしとしない風潮もあるだろう。ペットではなく家族と呼ぶのが正当であり、またシッターという言葉に含まれるしつけという概念は、動物虐待に近いと見る向きもあるに違いない。自分がペットなどと呼ばれたらどんな気分になるか考えてみるがいいと、鬼怒楯岩大吊橋ツキヌは嫌になるほど言われてきた。しかしそんな言葉は、一度言われただけでも十分嫌な気持ちになるので、あるいはペット呼ばわりされるよりも浴びたくない罵声かもしれないが、ただ、他に言い方も思いつかないので、今回はペットシッターで通す。そして以上の文脈に愛玩動物を家族と呼ばず、あくまでもペットと呼ぶ立場の人々を批難する意味合いはなく、鬼怒楯岩大吊橋ツキヌは、本来そちら側の人間である。

　これは雇い主である犬走キャットウォーク先生も同じだろう。犬走キャットウォーク先生が面構えのない猫を家族と呼んだシーンなど一度も見たことがない。だからと言って、ペットと呼んだシーンも一度も見たことがない。もっと言えば、犬走キャットウォーク先生が面構えのない猫のことを、呼んだシーンさえ見たことがないような気がする。面構えのない猫だからと言って構いもしないなんてとんでもない虐待でありアニマルウェルフェアに反しているという声に対して犬走キャットウォーク先生がどのように反応するのか興味深いところだったが、鬼怒楯岩大吊橋ツキヌと違って、そのような声に犬走キャットウォーク先生がいちいち事細かに逐一反応するとはまったく思えない。どの道、面構えのない猫を虐待するというのはおよそ不可能であるように思われるし、あれをペットや家族と呼ぶことに関しては、どのような動物愛好家も、または愛猫家も、諸手をあげて賛成するとは思えない。というのはあくまで鬼怒楯岩大吊橋ツキヌの想像であり、確とした根拠があるわけではないので、理屈ではなく諸手をあげて賛成する動物愛好家も、または愛猫家もいるかもしれない。動物愛好家や愛猫家以外にだって同じことが言えるだろう。なので、面構えのない猫をペットとも家族とも呼ばない実例として挙げられるのは、実に限られた、犬走キャットウォーク先生個人のみであり、鬼怒楯岩大吊橋ツキヌは、それに追随する立場である。が、先程、語彙の多いほうではない鬼怒楯岩大吊橋ツキヌには他にこの職を言い表す言葉も思いつかないゆえに仮にペットシッターで通しておくと、まるで語彙が多いほうではないことが、語彙が多いほうであることよりも劣っているかのような自虐的な発言をしてしまったが、むろん、そんなことがあるはずもないので、遡って補足しておきたい。多いも少ないも、所詮は何と比べるかで変わってくる数字の話でしかないことはわかっているし、語彙が少ないことを鬼怒楯岩大吊橋ツキヌがコンプレックスに感じているということも特にない。単にペットシッターという、ペットの権利をないがしろにしているとも受け取られかねない言い方を貫くことのエクスキューズとして、大した考えもなく、語彙が少ないという理由を表明すれば文句を言われにくいんじゃないかと配慮しただけのことである。謙遜というより防衛だ。私は馬鹿だからよくわからないんですがという前置きと似たようなものだ。とは言え馬や鹿といった動物の知能を低く見積もっているわけではない。馬を指して鹿と言ったり鹿を指して馬と言ったりしたとしても、それは何ら知能指数を示すようなことではないとも考えている。似たようなものじゃないか。賢ぶることこそが愚かな行為であるという逸話が馬鹿の語源だとするなら、むしろ私は馬鹿だからよくわからないんですがという前置きは立派であり、もしくは無知の知を地でいく賢者の振る舞いであるとさえ言えるだろうが、ただし鬼怒楯岩大吊橋ツキヌの語彙に関する自己紹介には、どんな思想もどんな哲学も込められていない。バリケードみたいに言葉を並べただけで、いわば責任回避のための注意書きだったことは繰り返しておこう。ペットシッターと言いたいだけじゃないのかと言われればその通りだと答えるしかないだろうが、実際にはそんな風には答えず、いえ語彙が少ないからですと、壊れたレコードのように言い張るだろう。壊れたレコードに対する批判ではない。

そして先程文章の流れの中で面構えのない猫のことをさらっとあれと表現してしまったが、それは意識の低い鬼怒楯岩大吊橋ツキヌが、動物を物体扱いしたことを意味するセンテンスではない。確かに法律上ペットは家族ではなく、飼い主の所有物であり、つまり物体でしかないのだけれど、鬼怒楯岩大吊橋ツキヌは、そこまで冷めたことを言うつもりはない。鬼怒楯岩大吊橋ツキヌはペットシッターであって、検事や弁護士ではないのだから。検事や弁護士が軒並み冷めているという意味ではないし、冷めた性格が悪いという意味でもない。熱くなられたら困るケースは多々あるだろう。あくまで、鬼怒楯岩大吊橋ツキヌは熱くもないが冷めてもいないという以外の意味はないし、それゆえに、世話をすることになる面構えのない猫をあれと表現したことに、他意はないというだけのことである。他意はないというとまるで本意があるかのようで意味深長ではあり、あたかも伏線を張っているようであるけれど、そんなことはまったくない。流れであれと言っただけで、もしかするとそれは、鬼怒楯岩大吊橋ツキヌの雇い主であり、面構えのない猫の飼い主でもある犬走キャットウォーク先生の振る舞いがうつったのかもしれない。あれと言ったことをそれと表現したのはややこしいが流してくれると助かる。また、病気ではないのだから振る舞いはうつったりしないと犬走キャットウォーク先生自身は言うかもしれない。責任転嫁だと。いや、専門家であるのだからそんな浅いことは言うまい。病気にだって、うつるものとうつらないものがあるだろうし。それでも犬走キャットウォーク先生が、鬼怒楯岩大吊橋ツキヌの前で、面構えのない猫のことをあれこれそれと、そんな指示代名詞で呼んでいる場面は少なからず目にしてきた。記録があるので間違いない。そのことを踏まえても、やはり犬走キャットウォーク先生が面構えのない猫のことをペットとも家族とも思っていないことは明白なのだけれど、ならばいったい何だと思って飼育しているのだろう？　疑問は収まらないと言いたいところだが、ここに関しては実は収まっているし、そうではなかったとしても、別にそんな紋切り型の言葉を言いたくはない。紋切り型が悪いと言っているのではない。収まろうと収まるまいと、いずれにせよ何だと思っているのかはわかりきってもいる。犬走キャットウォーク先生は明言して憚らない。面構えのない猫はモルモットであると。

モルモットという生命体を低く見ているわけではなく、また実験台のことをモルモットと呼ぶのは、本来はマウスと呼ぶべきところを誤認したところから始まっているという説が有力ではあるけれど、この社会通念を引っ繰り返すのは鬼怒楯岩大吊橋ツキヌの手に余る。人にはそれぞれ持って生まれた使命があるのだとしたら、鬼怒楯岩大吊橋ツキヌの使命はそれではない。せいぜいできることはモルモットという比喩表現を実験台と置き換えるくらいであろう。仮にも猫をモルモット、もしくはマウスと表現するのもともすると自己撞着的であり、実験的な表現であることも間違いない。しかし犬走キャットウォーク先生は脳外科医であり、つまり医療従事者であるので、動物実験は言うならば不可欠な仕事であり、職掌の範囲内である。マウスにせよモルモットにせよ、あるいは犬猫にせよ、そこを批判されれば、そもそも医療行為が成り立たない。マウスが可哀想だから難病の治療法の研究は諦めるねとは言えまい。動物に限らず、極論を言えばすべての医療行為は実験であるとも言えなくはなかろう。データの蓄積が今に繫がっている。だからと言って動物実験と動物虐待を同じ俎上に載せて語るべきではないというのはまごうことなき正論であり、極論で乱暴に否定されるべきではない。鬼怒楯岩大吊橋ツキヌが言いたいのは日常的に医療行為をおこなっている犬走キャットウォーク先生の、動物や命に対する考え方が、一般人のそれとはややずれたとしても、それは必然であり、仕方のないことであるということである。前文は必ずしも、一般人の考え方を一段低く評価したものではない。また医療従事者をひとくくりにしたかのようにも受け取れる鬼怒楯岩大吊橋ツキヌの発言ではあったけれど、医者が皆一様にそうであるとは限らないことも付言しておく。内科と外科で考え方は違うし眼科と歯科でも定義は完全には一致しない。更に同じ科の中でも意見は割れるだろう。それゆえに、愛犬家や愛猫家を兼ねる医者だってたくさんいるだろうし、彼ら彼女らが犬猫をペットではなく家族と呼んでいたとしてもそれは自由であり、権利であるというものである。すべてのドクターが猫を解剖学的に見て、撫で回しているわけではないことを留意しなければ話をこのまま先に進めることは難しかろう。真面目な話、犬走キャットウォーク先生は変わり者で、脳外科医の中でも特異な存在であるとは思う。鬼怒楯岩大吊橋ツキヌが手ずから統計を取って下した判断ではないし、どころか鬼怒楯岩大吊橋ツキヌの数少ない知り合いの中に医療従事者は他にいないので、これまで自身がかかったことのある医者や、テレビドラマに登場する看護師達と比べてという意味合いに、どうしてもなってしまうが。かつては看護婦と呼ばれていた職種を現在では看護師と表記することに関して、物心ついたときにはとっくにそうだったこともあって、鬼怒楯岩大吊橋ツキヌは特にこれといった意見を有してはいないが、名前を掛け替えても、今もなおナースには女性が圧倒的な比率で多いというアンバランスさに関してまで意見を持っていないわけではない。幼少期の鬼怒楯岩大吊橋ツキヌが、ナースになりたいという夢を抱いたことがあったかどうかは今となっては本人にさえ定かではないが、医者になりたいという夢を持ったことがなかったことは確かだ。ペットシッターと同様に、とも言えるが、女医という表現も、また何らかの壁ではなかったか？　とは言え看板を掛け替える行為がまったくの無駄であり何の意味もないのかと言えばそんなことはないと、鬼怒楯岩大吊橋ツキヌといえども、きちんと熟慮しておかねばなるまい。看護婦を看護師と言い換えたことで、少なくともそう呼んでいた時代が前時代的であったことを表現できている。スチュワーデスをキャビンアテンダントと呼び換えた行為も同様だろう。その前はスカイガールズだったたか？　鬼怒楯岩大吊橋ツキヌの知識は不確かだ。女子アナという表現もそろそろアウトのはずだが、一方でそれをアウトと断ずることは、先述のように、それまでの時代を前時代的と定義する危うさも孕んでいる。その時代を生きてきた人間にとっては、己の生きてきた人生を否定されたようなものだろうから、変革というのはなかなか一様にはいかない。正しいことをしたいが自分を否定されるのは嫌だというのは、共感性の低い鬼怒楯岩大吊橋ツキヌにも理解できる感情である。またしても自虐的に言ってしまったけれど、共感性の低い人間を総じて批難したいわけではない。あくまで自己評価であり、また、人と比べて共感性が高いか低いかを真剣に計測したことがあるわけでもない。もしかすると実は高いかもしれない。自分の共感性だけを見て、自分だけの気持ちで、それが低いと勝手に思い込んでいるだけというのが、鬼怒楯岩大吊橋ツキヌの有様であると言ったほうが正確だろうが、これとて、何をもって正確というかによる。正しく確かなんて二字熟語はいかにも胡散臭いではないか。詐欺っぽくすらある。ただし快く思っていない対象に対し臭いという言葉を使うことは印象操作でありフェアではないという苦言は甘んじて受けるつもりだ。苦言を甘んじて受けるというのも奇妙な表現だが、これは矛盾と言うほどではない、むしろ文学上の優れた修辞表現ですらあるかもしれない。むろん、優れているかどうかは読み手によるし、文学という二字熟語からは学歴差別の気配すら感じるので、わざわざそんな前置きを付け加えたことは、偏った方向性だったかもしれない。喋れば喋るほど言い訳臭くなっていく鬼怒楯岩大吊橋ツキヌは、そこは反省しなければならない。ちなみに反省という言葉は、己を省みる行為に対して反旗を翻すというような意味ではない。反省の反は反体制の反ではなく、同じく省みるという意味である。

何にせよ、脳外科医の犬走キャットウォーク先生にとって、面構えのない猫は明らかにペットではないのに、雇うのはペットシッターだというところには、着目してみるのも面白そうだ。とは言ってみたものの、ちょっと変なだけで、面白いと言うほどではないかもしれない。少なくとも鋭い視点ではない。その程度のズレならば世間一般を見渡せばいくらでもあるだろう。鬼怒楯岩大吊橋ツキヌの観測範囲では、ちょっといい例が出てこないけれど、まあ恐らくいくらでもあるはずだ。もしもなかったとしても、いくらでも凡例を捏造可能な程度の齟齬である。あくまで仮定の話であり、鬼怒楯岩大吊橋ツキヌはそんな捏造をするつもりはないし、鬼怒楯岩大吊橋ツキヌは捏造をするような人間でもない。これは鬼怒楯岩大吊橋ツキヌが善人だからではなく、捏造に必然的に付随する辻褄合わせみたいな行為が致命的に苦手だからである。致命的と言っても、別にそれで命が脅かされたことが実際にあるわけではないけれど、そんな例を捏造するまでもなく、そう言っても大袈裟ではないくらいに苦手である。否、そう言ったらやはり大袈裟だろう。死ぬほど苦手な行為なんて、死ぬこと以外にはありえまい。これは統計を取るまでもないし、統計の取りようもあるまい。どんな人間だって死ぬのは一度きりだし、死んだ人間にインタビューをすることなんて不可能なのだから。ただしこの不可能というのも、遡って死ぬのが誰だってただ一度というのも、所詮は現代の価値観でしかない。百年後の価値観では、人は九つの命を持つかもしれないし、生前のSNSなどを分析することで、死者に聴取することも擬似的にはできるようになっているかもしれない。批判を恐れて些末な可能性に言及しているように感じられるだろうが（鬼怒楯岩大吊橋ツキヌは自分でもそう感じている）、実際、五百年前から観測してみれば、現代人の平均寿命の伸びようときたら、ほとんど不死身とは言わないまでも、九つの命を持っているようなものじゃないだろうか？　それもまた動物実験の成果であると思えば、やはりアニマルウェルフェアというのも一口には言えない。ただし早めに明記しておくと、この雑文を執筆するにあたって、あらゆる動物虐待はおこなわれていません。昨今の映画のスタッフロールでよく見る一文を、何の考えもなくただ繰り返しているようにしか捉えられないところだが、それ以前に雑文という言葉も、鬼怒楯岩大吊橋ツキヌらしい自虐であると言えそうだ。拙著や小著と同じように。何も傲慢さに対する適切な批判に耐えうるようにあらかじめ謙虚な態度を見せているわけではないだろうが、受け手としては、作家先生には自作を、どや顔で提出してほしいものだと思わなくもない。あくまで自作をだ。動物虐待をではない。

もっとも、動物虐待なんてありえないが、ここまでの記述から明らかなように、鬼怒楯岩大吊橋ツキヌは、動物実験を否定する立ち位置にはいないし、それどころか、控えめに言っても、動物愛護の立ち位置にはいない。動物全般について語ると話が無駄に広がってしまうので、ここはひとまず思い切って猫に限って言っても、特に愛着はない。無駄に話が広がることを広がってしまうなどと、それがまるで疫病であるかのように語ってしまったけれど、無駄に話が広がることは、人間同士の会話における素晴らしい特性であり、それを否定するところから言論の自由や民主主義は死んでいく。何ともよくないことである。よくないとはっきり言える。ただし言論の自由や民主主義に欠点がないわけでもないので、鬼怒楯岩大吊橋ツキヌはそれを全肯定するわけではないことも、言論の自由や民主主義の原則に則って表明しておかねば、後に禍根を遺しかねまい。更に同じように言論の自由や民主主義に則って表明し続けるならば、鬼怒楯岩大吊橋ツキヌは、猫という生き物のことを、好きでも嫌いでもない。一般に好きでも嫌いでもないと言うときは嫌いなことが多いし、鬼怒楯岩大吊橋ツキヌも普段ならばその文法に基づくことに何の抵抗もないのだけれど、こと猫に関してのみ言うならば、そのまんまの意味で、好きでも嫌いでもない。猫に関して何の感情も働かないと言っても過言ではないだろう。過言ではないだろうと言うときは大抵過言だし、そしてこれは過言かもしれない。もしも猫に引っかかれたり嚙みつかれたりすれば、普通に痛いという感情は沸くはずだから。逆に言えば、そのようなあるある体験すら、鬼怒楯岩大吊橋ツキヌにはないということを、暗に示しているのだ。

ただし鬼怒楯岩大吊橋ツキヌはそれを大っぴらにはしていない。それという指示代名詞が何を示しているのかが改行を施したためにややあやふやになっているので改めて明記しておくと、この場合のそれとは、猫という生き物のことを好きでも嫌いでもないことである。そもそも猫に対して猫という生き物などということさら迂遠な表現を選択している時点で、猫という生き物のことを好きでも嫌いでもないことが十全に洗われていると言えるだろう。前文の洗われているというのは表れているの誤字である。もしかすると鬼怒楯岩大吊橋ツキヌは、本心では露わになっていると言いたかったのかもしれないが、いずれにしても遡って訂正するほどの瑕疵ではない。少なくとも瑕疵を河岸としてしまうほど、意味が通らなくなる誤字ではなかろう。語源ではあるものの、猫を寝子と誤変換してしまうことも、意味が通らなくなってしまいかねないので、鬼怒楯岩大吊橋ツキヌには、この先、重々注意をしてもらいたいところだ。ところだと言えばところで、言論の自由や民主主義がこれだけ発展した世の中だと言うのに、なぜ鬼怒楯岩大吊橋ツキヌが、猫という生き物のことを好きでも嫌いでもないことを明言せず、むしろ秘密にしてきたのかと言えば、まさしく、言論の自由や民主主義が、それほど発展していないからなのかもしれない。たとえば猫がじゃれている動画を見て可愛いと評価しないことは、人間性の欠如を疑われる事案となり、吊し上げを食らいかねない社会が形成されている。下手をすれば動物虐待者の烙印を押される、いいねではなく。つまり猫に対して中立の立場を取ることは、猫を嫌いだと言っているのと同じ扱いであり、人間的ではない、どころか人間ではないと村八分にされかねないのである。村八分という言葉はいわゆるムラ社会を村八分にする用語であり、そのうち使われなくなりそうだが、村八分が駄目ならそこから派生したハブるという若者言葉も使えなくなりかねないので議論が必要だ。ハブるという言葉が若者言葉であるという認識からして明らかに旧時代的であろうし、議論とは自然に湧き上がってきてしかるべきであり、必要な議論とはどういう意味なのか、冷静に考えてみれば意味がわからないところもあるが、だからと言って冷静に考えられない人間を、鬼怒楯岩大吊橋ツキヌは批難する立場にはない。あくまでも、猫を可愛いとか、見たいとか、餌をあげたいとか、撫でたいとか、嗅ぎたいとか、まして飼いたいとか、お世話をしたいとか、そんな風に積極的に思ったことはないというだけだ。消極的にも思ったことはないが、そもそも消極的に思うという状態がどういう状態なのかは消極的に思ったことがないので判然としない。消極的に思うというのは、思っていないんじゃないのか？　しかしそういう疑いが鬼怒楯岩大吊橋ツキヌを苦しめる。

それは単にそれだけのことなのに、まるでそれをおかしなことみたいに言われるのだからまことに生きづらい。おすすめ動画のサムネイルに猫が一枚も表示されないからと言って、それは鬼怒楯岩大吊橋ツキヌの非人間性を象徴する出来事ではないはずなのに、どうも世間ではそう定義されてしまうらしい。ＡＩに価値のない人間だと判断されてはシンギュラリティが起きたときにたまらないので、鬼怒楯岩大吊橋ツキヌがあえて興味のない猫動画をクリックするほどに、その定義は徹底されている。言うならば現代は猫ディストピアだ。猫の１９８４だ。鬼怒楯岩大吊橋ツキヌは１９８４を読んだことはない。動物農場も読んだことはない。だが現代社会を生きていればディストピアがどういうものかはなんとなくわかる。

そうは言っても数少ない機会に、猫という生き物のことを好きでも嫌いでもない事実を公開した過去がまったくないわけでもないが、それを後悔しなかった例はない。念のために言っておくと、今、公開と後悔をかけた。そんなに面白くもうまくもないが、かけたという事実だけは書き残しておく。これを偶然だと思われる方が恥ずかしいと鬼怒楯岩大吊橋ツキヌはジャッジする。話を戻すと、猫という生き物のことを好きでも嫌いでもない事実を公開すると、必ずと言っていいほどに猫アレルギーなのかどうかを問い詰められる。あるいは畑を猫に荒らされたのかなどと重ねて訊かれる。猫を好きではない者にはそういった明確な理由があってしかるべきであると言わんばかりの、それは詰問だった。猫アレルギーだという医者の書いた病状証明書を提出するのであれば、仕方がない猫好きでないことを許しましょうと言いたげですらある。

一時期はもういっそ猫アレルギーだという嘘をついて話を終わらそうと企んだこともあるほどだったが、それはそれでなんて可哀想なのだ人生を半分損していると、周囲の同情を一身に集める結果を生んでしまったので、もう二度としないと、鬼怒楯岩大吊橋ツキヌは誓っている。あくまで個人の感想ではあるが、不当に憐れまれるというのは気分がよくない。実際に、真実の猫アレルギーであったとしても憐れまれるようなことではないのに。猫という生き物のことは好きでも嫌いでもなかったが、危うく人間という生き物のことを嫌いになってしまうところだった。しかしそういう意味では、広く捉えるならば猫アレルギーというのも、まるっきりの嘘ではないのかもしれない。猫の話題になるたび、猫がテレビに映るたびに、嫌な思いをすることになるのだから。テレビ批判ではない。

実はこの感覚には覚えがあった。どうして猫を好きにならないの、猫を好きになららないなんてどうかしている、猫を可愛いと思わないのは人間性に問題がある、猫に対して否定的もしくは中立の立場を取るということは幼少期に過酷なトラウマを抱えているに違いないと決めつけてくる周囲からの絶え間ない同調圧力は、なんなら鬼怒楯岩大吊橋ツキヌにとって、馴染みのあるものでさえあった。肌で覚えている。なぜなら学生時代の恋バナを思い起こさせるからだった。恋バナと言ったのは精神的ダメージを軽減するためにあえてポップな言い回しをしたのであって、現実はもう少し深刻だ。他人の恋愛事情、もしくは恋愛感情に関して、とやかく言いたがる人間が昔はとにかく多かった。人を好きになったことがないなんて言おうものなら総スカンだった時代が歴史にはある。あえて学生時代に限ったのもやはり精神的ダメージの軽減のためであって、社会人になってからも、結婚しないなんて鬼怒楯岩大吊橋ツキヌの内面には何か深い闇があるに違いないと決めつけてこられたものである。類似するリアクションとしては、親類や友人の産んだ赤ちゃんを見たときの無感情に対する周囲からの反応も、鬼怒楯岩大吊橋ツキヌの精神を疑うようなものばかりだったが、そちらはまだわずかながら話し合いの余地があったように思うし、また近年、他人の恋愛事情、もしくは恋愛感情に関してとやかく言う行為は、犯罪に準ずるという考えかたがにわかに普及してきた。それはそれで同調圧力的な側面も確かにあるけれど、鬼怒楯岩大吊橋ツキヌは、素直に助かったと思っている。救われたとさえ思っている。いつになったら結婚するのと鬼怒楯岩大吊橋ツキヌに問うてくるのは、ついに親だけになった。親の価値観をアップデートさせることは不可能だ。

なのでなんで彼氏を作らないのなんて無神経なことを言われることは基本的になくなったのに（応用的にはある）、どうして、なんで猫を飼わないのと言われることはまったくなくならないのだろう。いや、厳密にはなんで猫を飼わないのなどと言われたことは一度もないが、そういった声なき声を、鬼怒楯岩大吊橋ツキヌは聞かずにはいられない。もしかすると鬼怒楯岩大吊橋ツキヌは一方的に、猫を好きになれないこと、猫を飼っていないことに対する罪悪感、控えめに言っても劣等感があるのかもしれない。猫を愛せないという一点において、少なくとも鬼怒楯岩大吊橋ツキヌが、現代社会においてマイノリティであることは間違いないのだから。これは猫派か犬派かというような、対立構造の話ではないのだ。大多数対無の話である。ちなみに鬼怒楯岩大吊橋ツキヌは、犬という生き物のことも特段、好きでも嫌いでもない。犬は犬で、猫は猫だ。区別はつくが、それだけのことである。もしかすると馬を指して鹿と言うよう、犬を指して猫と言うこともあるかもしれない。ただし、そんな第三者委員会の立場から言わせてもらえるならば、人類の友と言われていた犬を、いつの間にか好感度で追い抜いたと見られる猫に対して、恐怖をまったく覚えないかと言えば嘘になる。なんであれ勢いのあるものは怖い。侵略的であるとさえ思う。猫派の数が犬派の数を越えたというデータの信憑性はさておくとしても、地域猫はいても地域犬はいない点からして、社会への食い込みかたが、猫のほうが巧みであることは論を俟たない。

とは言え鬼怒楯岩大吊橋ツキヌは、猫を溺愛することのできない自分を恥じて、あえて罪を償うために、ペットシッターになろうと奮起したわけではない。そのような自己犠牲精神なんて鬼怒楯岩大吊橋ツキヌにはない。なんてと言ったが、自己犠牲精神そのものを否定しているわけではなく、それは素晴らしいもので、また滅私奉公のつもりで職業を選択する人達に対して一石を投じたいわけでもない。一石を投じるというのは疑問を呈するといった程度の意味合いの慣用句であって、投石という暴力行為に関して言及しているわけではなく、たとえ言葉の上だけでも鬼怒楯岩大吊橋ツキヌは、人間に対して石を投げようなどと思ったことはないし、それは猫に対しても同様だが、つもりがないという意味においては、猫という生き物のことを好きでも嫌いでもない自分を恥じるつもりなどないし、ゆえにそれを理由に職業を選択するつもりもないというのが揺るぎない事実である。ならばなぜペットシッターになったのかと問われれば、お金がなかったからと答えるしかないだろう。目的は金だ。もちろん実際に問われたならばあやふやにふわっと誤魔化すし、事実、犬走キャットウォーク先生に面接を受けた際に、わざわざお金のためだとは言わなかった。ただし猫が好きだからとも言わなかった。猫という生き物のことが好きでも嫌いでもない己を恥じてと言わないのと同じで、そんな嘘はつけなかった。鬼怒楯岩大吊橋ツキヌは正直者ではなかったけれど、嘘つきでもなかった。さりとて嘘をついたことがないわけではなく、人並みについてきた自覚はあるけれど、たとえば猫アレルギーだと大嘘をついたことがあるけれど、嘘をついたことがないと言わないだけ、正直者であるという見方もできるだろう。自分の気持ちに正直に発言することで（たとえば猫という生き物のことが好きでも嫌いでもない、などと）トラブルに発展することもあるのだから、そこはあやふやにしておくことが、正直ではなくとも正解というパターンは厳然としてあるはずなのだ。そして面接において鬼怒楯岩大吊橋ツキヌが取ったそのような白々しい態度が評価されたからこそ、つい先日まで予想だにしなかった肩書きを手にしたのではないか？　と言うのは、もしも面接で（ちなみにその面接は犬走キャットウォーク先生が勤務する大学病院の診察室でおこなわれた。就職に関して複雑な事情を抱えているのは誰もが同じであるというのは冒頭に述べた通りだが、この一点だけ取り上げても、鬼怒楯岩大吊橋ツキヌの就職にある種の特殊事情が絡んでいることの証左になるだろう。医療従事者でもないのに病院で面接を受けたペットシッターが他にいるだろうか？　いるかもしれない。何事にも例外はある。例外のほうが多い場合もあるだろう、例外的に。鬼怒楯岩大吊橋ツキヌも、ただのありふれた例外というだけのことなのかもしれない。なんでもありうる）意に反して、プライドを捨てて猫好きをアピールしていたら、むしろ落とされていた可能性が高い。注釈しておくと、先の発言には、プライドを捨てることを批判する意味合いはなかった。生きる上でどうしてもそういう局面はあるだろうし、仮にそういうことがあったとしても、それを必要以上に重く捉えたり、まして恥じたりすることはない。冷めた言い方をすれば世の中とはそういうものだし、プライドを捨てさせる方が悪い。ただしこれも事情を知らずに一方的に悪いと決めつけているだけかもしれない。プライドを捨てさせるほうにも事情はある。あるいは複雑な事情が。大事なのは、鬼怒楯岩大吊橋ツキヌは、お金のための就職だとあからさまに言いこそしなかったものの、猫が好きなわけでもないのに猫のペットシッターの面接試験を受けに来たことを隠そうともしなかったことで、逆説的に職を得たということである。大事なのはと言ったけれど、これが大事なのは鬼怒楯岩大吊橋ツキヌにとってだけであり、他の人類にとってはおよそどうでもいいことだ。下手をすれば親にとってさえどうでもよかろう。別に鬼怒楯岩大吊橋ツキヌがその職を得ていなくとも、他の誰かがその職を得ただけのことであり、また鬼怒楯岩大吊橋ツキヌも犬走キャットウォーク先生の面接試験に落とされていたからと言ってそこで人生が終わるわけではなく、おそらくその後、何らかの別の職を得ただろう。今の時代、選ばなければ仕事なんていくらでもあるという考えかたは職業選択の自由を著しく冒している上、心無く、格差社会を助長するものでしかないので、そんな言説とはすっぱり切り分けて考えなければならないが、ペットシッターになることが、あるいはなったことが、鬼怒楯岩大吊橋ツキヌのすべてではないのを忘れてはならない。あくまで鬼怒楯岩大吊橋ツキヌの無数にある人生のヴァリエーションの１パターンということだ。こういうルートもあり、それが実現しただけだ。だからと言って取るに足らないわけではない。そのパターンが仮想やパラレルワールドではなく現世において実現したことにはきっと何らかの意味がある。意味がなければ意味がないという意味ではない。

むろん鬼怒楯岩大吊橋ツキヌも常識人なので、今回実現した可能性に関して何の疑問も持たずにほいほい流れに乗ったわけではなく、雇い主である脳外科医・犬走キャットウォーク先生と契約を結んだのちに（結ぶ前ではなかったのがミソであり、鬼怒楯岩大吊橋ツキヌの人間らしさだ）、その点をそれとなく確認したのだった。つまり、猫嫌いではないとは言え必ずしも猫好きじゃない自分に己の飼育する猫を留守中に任せることに関して抵抗や葛藤はないのかを、遠回しに確認した。かなり遠回しに確認した。自分が雇われた理由が知りたかったと言うよりも、何かあった際、あとから文句を言われたくないがための保身的な事前確認だったけれど、これは裁判を避けるためには大切なことだ。前職を裁判で失っている鬼怒楯岩大吊橋ツキヌにとっては特に。その裁判に関しては和解の際に秘密保持契約が結ばれているのでここに内容を記載することはできないが、要するに鬼怒楯岩大吊橋ツキヌは前職を揉めに揉めて失っているので、さすがに同じ失敗を繰り返したくなかったのである。同じ失敗を繰り返すのは愚かだとわかってはいても、同じ失敗を繰り返すのが人間なので、ゆめゆめ気を付けなければならない。少なくとも企業を相手取った裁判はあまり楽しい経験ではなかった。相手が大病院に勤務する脳外科医でもきっと同じだろう。

犬走キャットウォーク先生からの返答は予想したものでも、鬼怒楯岩大吊橋ツキヌを安心させるものでもなかった。むしろなぜ空は青いのですかというクエスチョンに対して青いのが空だからですと答えられたようなものだった。つまり、猫という生き物のことが好きでも嫌いでもない鬼怒楯岩大吊橋ツキヌだからこそ自らが飼育する猫のペットシッターに相応しいのだと、遠回しな質問に対してかなり直截的に答えられた。ダイレクトとはこのことだった。今は大病の告知もこんな風にするのだろうか？ちなみに直截的をちょくさいてきと読むのは誤用である。だったら意味もそんなに変わらないのだから直接的と記述すればよさそうなものだが、鬼怒楯岩大吊橋ツキヌには見栄っ張りな側面もあるので、ちょっと見た目に厳つい言葉を使ってみたくなることもある。そう頻繁なことでもないので安心して読み進めていただきたい。ともかく犬走キャットウォーク先生は、鬼怒楯岩大吊橋ツキヌの中立性を重んじて法でがちがちに守られた雇用契約を締結したのである。奇妙なことだと感じたが、そこに疑義を呈してじゃあやはりこのお話はなかったことにとされても路頭に迷う。さすがに路頭に迷うほど鬼怒楯岩大吊橋ツキヌは困窮しているわけではなかったけれど、収入がない状態が続くと、そんな気分にどうしてもなる。不安な状態が続くのは精神を削る。早くはっきりとした形で生計を立てたかった。安心以上の財産はない。それにまるっきり、理由を推測できなかったわけでもない。好きなことを仕事にしてはならないという教訓があり、それは学生時代からあらゆる進路相談員が口を酸っぱくして言っていたことではあるけれど、大人になってみるとあんなに言われなくとも、好きなことを仕事にする難しさを痛感するわけで、もしかするとこの痛みを味わわせないための教えだったのではないかと邪推したくなるほどなのだが、翻って、猫好きに猫のペットシッターを任せるというのは、やや危機管理意識に欠けているという見方もできなくはない。お金が大好きという人間に金庫番を任せることに抵抗が生じるようなものだろう。とは言っても、もちろん、猫好きを犯罪者予備軍のように考えるつもりはなく、猫の誘拐を警戒するというよりも、好きで愛情があるからこそ、世話係として客観的な判断ができなくなってしまうという恐れもあるという意味なのだ。たとえばせがまれるがままに餌をやり続けたり、外に出たがっているからといって深く考えることなく窓を開けっぱなしにしたり。そんな真似をする者は猫好きではないという手厳しいクレームも想定されるけれど、しかしそれらの甘やかし行為が、よくも悪くもなにがしかの愛情に基づいていることは確かである。よくも悪くもとは言ったけれど、これは主に悪いときに使われる言葉であり、今がそのときではないのかと言われたら、否定することは難しい。悪い愛情という概念の存在は、そのまま霊長類の限界を示しているとも言えるけれど、しかしながら裏を返せば、愛情はよいものであるという考えかた自体、どこか独善的であるという但し書きは、霊長類の取り扱い説明書には絶対に必要だろう。太字で明記してもいいくらいである。厄介なのは愛情をコントロールすることは難しいということだ。霊長類以前の本能の部分である。当然ながら、猫嫌いや猫アレルギーの持ち主に、自分が飼育している猫を任せるわけにはいくまいが、猫好きに任せることもまた、ノーリスクではないのだった。流れ上、猫嫌いと猫アレルギーを並列して表記したものの、そこに両者を比べるような意図、または同一視するような意図はない。猫嫌いかつ猫アレルギーの者がいるのと同様に、猫嫌いでも猫アレルギーではない者、または猫アレルギーでも猫好きの者がいることは一般常識である。だから鬼怒楯岩大吊橋ツキヌは、猫に対して中立的であるからこそペットシッターとして選ばれたことを、奇妙に感じつつも、まあそういうこともあるのだろう程度の認識で流した。あるいは無職状態が鬼怒楯岩大吊橋ツキヌの冷静な判断力をごっそり奪っていたと言えなくもないが、しかし無職であることを理由にするのは、無職全般に対する偏見を助長しかねないので、契約書にサインするときの自分には冷静な判断力があったはずだと鬼怒楯岩大吊橋ツキヌは信じて疑わない。信じて、そして疑わないと同じ意味の言葉を重ねている時点で、自己催眠みたいだが、まあ、信じて疑わない。

ただし、雇用契約を交わす際に疑問を憶えたことなら他にもあって、どちらかと言うとそちらのほうに意識が取られていたということならあるかもしれない。あるかもしれないというのはないときにも使える便利な言葉だが、これは普通にあるかもしれない。そのまま受け取ってもらって支障がない。人間、違うことを同時にふたつおこなうのは難しいのだ。言っておくが、違うことを同時にふたつおこなえる者は人間ではないと分断を生じさせるために指摘しているわけではない。人間ではないというのはこの場合、差別発言ではなく、難しさを表現するためのレトリックである。それを承知してもらった上で契約書にどのような疑問があったかを説明したいところだが、具体的に説明することは鬼怒楯岩大吊橋ツキヌには難しい。人間なので難しい、ということではなく、守秘義務があるからだ。雇用主は脳外科医であり、つまり医者である以上、守秘義務があることには何の不思議もないけれど、どうしてペットシッターである自分にまで守秘義務が課せられるのだろう？　裁判で和解したわけでもあるまいし。もちろん鬼怒楯岩大吊橋ツキヌは、医者は人の命や尊厳にかかわる重要な仕事をしているのだから守秘義務はあって当たり前で、それを否定するのは黙秘権を否定するのと同じくらい社会性がないが（社会性がないことを否定しているわけではない）、ペットシッターはそうではないのだから守秘義務なんてあるはずがないと言いたいのでは決してなく、単にこの世にあるすべての職業を、守秘義務のある職業と守秘義務のない職業に分類したとき、ペットシッターは常識的には、至極シンプルに、後者に分類されるんじゃないかと思っていただけである。常識とは何かという議論はここでは避けよう。つまり、鬼怒楯岩大吊橋ツキヌがそう思っていると言うより、みんなはそう思っているんじゃないかと言いたいのだ。これは露骨な責任転嫁ではあるが、実際のところの事実でもあろう。それゆえにみんなという言葉は便利である。今更のような余談になるけれど、責任転嫁の転嫁という言葉は、嫁という立場に対してやや侮蔑的な表現であるとも取れなくはないが、しかしこれはやや穿ち過ぎとも言え、元々悪いイメージを持っているからただの単語をそんな風に捉えるのだと反論を浴びる可能性もあるので慎重な議論が必要だ。責任転嫁をいい意味に捉えていないのはお前自身の問題だろうという指摘にも確かに一考の余地はある。一考の余地しかないのかという指摘にも一考の余地があるように。更に言うなら責任という言葉のイメージが悪いことだってよっぽど問題である。さておき、なぜペットシッターに守秘義務が課せられるのか？　鬼怒楯岩大吊橋ツキヌが知らなかっただけで、ペットシッターとは元来そういうものなのか、それとも、犬走キャットウォーク先生がご自身で作成したと思われる分厚い雇用契約書が特別なのか？　あえて寄り添った考えかたをするのであれば、ペットシッターが命や尊厳にかかわる仕事ではないとは言えないのも本当だ。今や家族と同列に並べられるペットの命にかかわることになるのだし、尊厳となるとさすがに大袈裟な二文字だろうと、留守中の他人の家に這入るのだから、プライバシーにかかわっているのは間違いない。鬼怒楯岩大吊橋ツキヌの勤務地は犬走キャットウォーク先生の自宅であり、病院でこそないけれど、それでも間接的に、患者様の事情に触れてしまいかねないことを思うと、それだけでも秘密保持契約を結ばないまま、脳外科医の家の敷居をまたぐわけにはいかない。きっとそれほどに敷居が高いのだ。敷居が高いという言葉は、元々、ハードルが高いというような意味ではなく、不義理をした家に近付きにくいという意味だったと聞くが、鬼怒楯岩大吊橋ツキヌは、そんなあからさまな正しい意味みたいなことはなかったんじゃないかと思っている。どう考えても誤用とされている意味の方がしっくりくる。気が置けない仲というのが引っかけ問題だというのはまだわかるが、敷居が高いだけは、そうじゃないような気がしてならない。これが誤用だと認めることは、鬼怒楯岩大吊橋ツキヌにとっては敷居が高い。あるいは閾値が高い。閾値の意味は存じ上げない。語呂がよかったので言ってみただけだ。

そんな風に思考を巡らすことで、雇用契約書にあった不思議な文言の多くを、鬼怒楯岩大吊橋ツキヌはスルーした。大抵の契約書においてそうするように、細かい文字を大胆に読み飛ばした。細かい文字は読まなくていいと思っている（注意……事実はその逆だ）。前後関係をきちんと記述するならば、そもそも秘密保持契約に関する条項を見つけたのは、鬼怒楯岩大吊橋ツキヌが契約書にサインをした後のことだった。すべてはあとの祭りだったのだ。あとであろうと先であろうとお祭りは楽しいんじゃないかと鬼怒楯岩大吊橋ツキヌの童心は告げてくるが、それはさておき、一刻も早く、もうなんでもいいから仕事が欲しいという気持ちで、鬼怒楯岩大吊橋ツキヌは、筆を走らせてしまった。筆は走ったりしないものの、今回のお話をなかったことにされないために、自分が猫好きではないことを明かすのを契約締結後まで待った鬼怒楯岩大吊橋ツキヌだったが（もっとも、中立を理由に雇用されたというのであれば、鬼怒楯岩大吊橋ツキヌの猫に対する気持ちのなさは、面接中に鋭く見抜かれていたということになる。さすがは脳外科医、こちらの脳内のことなど問診で看破してくる）、何のことはない、そのようにことを急いた報いは、己で受けることになってしまったというわけだ。因果応報である。とは言えこんな風に失敗したからドツボにはまったんだというような自己反省は、失敗していなければ自分の人生はもっとうまくいっていたはずだという自己弁護に他ならないという考え方もある。誰だって、どうせ失敗していなくても自分の人生はこんなものだっただろうなんて思いたくはない。そこを責めるつもりはない、そこを責められたくはないから。たとえハンコを押す前に、怪しい条項に気付いていたとしても、鬼怒楯岩大吊橋ツキヌは適当に自分を説得して、あるいは目を閉じて、契約を締結したのではないだろうか。反省や後悔が学びに繫がるならばそれは建設的ではあるけれど、しかし大抵の場合、反省や後悔も、自己都合でおこなわれることが多い。もちろん、自己都合でおこなわれる後悔や反省をすることが愚かであると断じているわけではない。素晴らしいマインドセットだ。ただ単に、鬼怒楯岩大吊橋ツキヌの場合は、他にすることがあったんじゃないかと自己採点しただけである。自己都合で。

前職を揉めに揉めて辞していることを思えば、次の職場はそういったトラブルを避けるためにも、なるべく責任の課せられない、誰にでもできる簡単なお仕事を選びたかったけれど（そう、作家のような）、どうやらペットシッター、なかんずく脳外科医のペットシッターは、その条件には当てはまらないらしい。舐めていたわけではないし、低く見ていたわけでもない。打ち明けて言うならば、ペットシッターという職業が日本にあること自体が意外で、そういうのは洋ドラの中にしかないとさえ思っていたほどだ。ある意味ではテレビドラマに出演するような憧れの職につけたと表現することも、案外無理筋ではないし、これから知らない世界に飛び出していくようで、鬼怒楯岩大吊橋ツキヌは、わくわくしないでもなかった。わくわくするなんて感性が、就職して社会人になり、その後失職して社会人でなくなったとは言え、ともかく大人になって、感性のすっかり衰えた自分に残っていたことに驚いた。これは当然個人の感想であり、人は大人になればわくわくすることなんてなくなるという決めつけではない。驚いたというのもただのリアクションである。ありふれた生体反応だ。また、失職することで社会人でなくなったと言うのも、鬼怒楯岩大吊橋ツキヌの個人的な価値観でしかない。たとえ働いていようと働いていなかろうと、何らかの形で社会に関わっていれば（それが迷惑をかけるという形であったとしても）社会人であるはずなのだから。社会性があろうとなかろうと、そう簡単には社会からは逃れられない。ゆえに人は定年退職したあとだってわくわくできる。社会人とは言えまだ若い鬼怒楯岩大吊橋ツキヌには、今のところそれがわかっていなかったということで、勘弁していただきたい。決して若さを盾に取っているわけではなく、まして若さを特権としたいわけでもないけれど、若気の至りというのは誰にでもあるはずだ。ない人もいるかもしれないが、その人だってあってもおかしくなかったはずである。確率の問題を水掛け論にしてはならない。どうあれ鬼怒楯岩大吊橋ツキヌが、新生活に向けてわくわくしたという事実だけは変えられないのだから。

ただし、社会人になってもわくわくするという事実は、その期待に呼応したリターンがあるという事実をまるで意味しない。むしろ不思議なことに、大人のわくわくは子供のわくわくほど報われない。人生経験を踏まえた上でのわくわくなのに何故？　鬼怒楯岩大吊橋ツキヌには見当もつかないが、恐らく現実を生きることが、宝くじを買うことと、そう変わらなくなっていくからではないかと愚考する。宝くじを買うことが愚考だと言いたいわけではない。むしろ宝くじの収益は公共の福祉のために使われるケースが多いので、その購入は社会的な貢献であるとさえ言え、つまり愚考からは程遠い。特に鬼怒楯岩大吊橋ツキヌの愚考からは程遠い。どういう意味かを丁寧に述べると、現実の見えていない幼少期ならば夢を見ることと自身の成長を重ねることもまあ可能だろうが、失職したり和解という名の敗北をしたりを何度も何度も繰り返すと、こんなに現実がうまくいかないのだから、宝くじくらい当たらないと割に合わない、ワークライフバランスが取れないと、無意識のうちに思い込んでしまうのではないかと、鬼怒楯岩大吊橋ツキヌは自意識を分析するわけだ。実際には、これまでうまくいっていないのだから、これからもうまくいかないと考えるのが妥当なのに、なぜか人間は、百回連続裏を向いたコインは、百一回目には表を向くと期待する。より表を向くと期待する。ひとくくりに人間はと決めつけたのはよくなかった。コインの例えは人間の中でも相当愚考のケースだ。遡って、子供には現実が見えていないと決めつけたのも、今から思えば乱暴だった。百回連続裏が出たなら次も裏だと考えられる人間は当然いるし、現実が見えている子供だっていることは、注意深く書き足しておかねばならぬ。鬼怒楯岩大吊橋ツキヌは、あとで責任を追及されては困る。

それはさておき脳外科医・犬走キャットウォーク先生からは、面接後、翌日からシフトに入るように言われたので、鬼怒楯岩大吊橋ツキヌは、少なからずたじろいだ。そんなバイトじゃないんだからと思った。その感想にはアルバイトをあたかも手軽な働き口として考えている鬼怒楯岩大吊橋ツキヌの浅はかな思想が滲み出ていると言えなくもなかったが、一方でそれがアルバイトの売りでもあるのだから、これぱかりは鬼怒楯岩大吊橋ツキヌが、一概に間違っているとは言いがたい。単に失礼なだけとも言える。もっとも成熟し、コミュニケーションこそが優先される社会においては、失礼であることが何よりも重い罪であることを思うと、バイト感覚という言葉は、禁句にされてしかるべきかもしれない。失礼と言えばそれこそ軽犯罪のような響きだけれど、相手を、または他人を尊重しないことは、目も当てられないような社会的制裁に繋がりかねないのだからそこは注意が必要である。なので、残念ながらこのとき、鬼怒楯岩大吊橋ツキヌは、その軽犯罪にして重罪にかすったと言えなくもないわけだが、犬走キャットウォーク先生は寛容にもそれを見逃してくれたようで（第一、鬼怒楯岩大吊橋ツキヌは、口に出してバイトじゃないんだからと言ったわけではない。そう思っただけである。鬼怒楯岩大吊橋ツキヌも国家から、内心の自由は保障されている）、戸惑う鬼怒楯岩大吊橋ツキヌに、あくまで明日の朝からシフトに入るよう繰り返すのだった。壊れたレコードと言うより、ＣＤのリピート再生のようだった。ＣＤはまだ世の中に流通しているメディアだったか？　ともあれ穏やかではあったが頑として譲らない口調だった。さすが病院という昼も夜もないような場所で日常的に働いているだけのことはあると、鬼怒楯岩大吊橋ツキヌは変に感心してしまったけれど、実際には病院にだって昼と夜はある。日勤と夜勤はある。白夜の北欧でもない限りは。彼の地の医療制度は非常に整っていると聞くが、だからと言って日本の医療制度が軒並みブラックということはない。とフォローしたいところだが、実際には日本の医療制度の暗黒は、新型コロナウイルスの蔓延期に、全国民の知るところになった。医療制度は素晴らしいが、その素晴らしさがどういう風に支えられているのかを知った。なにゆえこれまで知らずにいられたのだろうと首をひねりたくなる暗黒だった。脳外科医の犬走キャットウォーク先生があの頃どうしていたかはわからないが、決して楽はしていなかっただろう。それを思えば、初出勤まで一晩の猶予がもらえただけでもありがたいと思うべきだと、鬼怒楯岩大吊橋ツキヌは承諾した。相対的に承諾した。承諾も何も、無職で一人暮らしだった鬼怒楯岩大吊橋ツキヌには、翌日の予定なんてものはここのところとんとなかったから、スケジュールを調整するまでもなかったのだが。無職で一人暮らしなら誰しも暇に決まっていると言いたいわけではなく、鬼怒楯岩大吊橋ツキヌという個人がこのときそのパターンを踏んでいたというだけではあるけれど、何ならこのあとすぐシフトに入ってくれと言われても、不可能ではなかっただろう。不可能ではなかったというのは可能だったという意味とイコールだ。できますという言葉を言いにくい世の中とは。それでも準備する時間を与えられたのは素直にありがたかった。鬼怒楯岩大吊橋ツキヌは素直じゃないのに。ところで、鬼怒楯岩大吊橋ツキヌは労働意欲にあふれたタイプの人間ではないけれど、だからと言って仕事に対してまったく無気力な、やる気のない人間でもない。無気力とやる気がないという表現が甘かぶりしているのでどちらか片方は省略できそうだが、ここはわざと羅列したままにしておく。それよりも重視すべきは、明日からペットシッターとして働くにあたってその心得を学んでおくことだった。これぞ泥縄という感じだが、それでもしないよりはマシであろう。ちなみに泥縄とは泥棒を捕まえてから縄を綯うという諺の略だ。綯うという表現はもはや死語かもしれないが、しかしそれは、いまだその言葉を使っている人のセンスが古いという意味ではない。だって綯うと言っているのだし（これは駄洒落だ）。それに、確かにことが起こってから準備をおこなうような行為は遅きに失していると窘める言葉ではあるのだろうが、しかしことが起こっても何もおこなわないよりはマシであろう。本当にマシかどうかのエビデンスは残念ながらここにはないが、なんだったらそれも今から準備してもいいほどだし、少なくとも前向きな心がけとしては間違っていないはずである。前向きな心がけがあるなら後ろ向きな心がけもあるのかと指摘を受ければ、あっても違和感があるほどではないと、鬼怒楯岩大吊橋ツキヌは答えておこう。ともあれ、鬼怒楯岩大吊橋ツキヌは面接を終えての病院帰り、書店に向かった。病院を出る際うっかり会計の行列に並びかけてしまったが、鬼怒楯岩大吊橋ツキヌは、診断を受けにきたわけではない。町から書店はすっかり少なくなってしまったが、鬼怒楯岩大吊橋ツキヌは、リアル書店派だった。リアル書店という言い方を嫌悪するほどにはリアル書店派だった。が、こうも数が少なくなってくると、その信念が揺らぐのも否定できなかった。形勢が不利になっていることを感じずにはいられない。そもそもリアル書店という言葉がレトロニムであり、この言葉が普及し、そうは言いつつ鬼怒楯岩大吊橋ツキヌも普通に使っている時点で、ネット書店や電子書籍が主流になりつつある現状を無情にも示している。なるほどよく言われるように、確かにリアル書店を訪れれば、本棚と本棚の間を練り歩くうちに、偶然思いもしない本に出会うことがあるだろう。それはＡＩのお勧めするこの本を読んだ人はこの本も読んでいますというようなアルゴリズム的なお勧めよりは視野が広いと言えなくもない。だが逆の見方をするならば、リアル書店から足が遠のくことで、そういった偶然の出会いを回避できるという言い方だってできる。つまり買おうと思っていない本を衝動買いする恐れがない。きなきなしたケチ臭いことを言っていると思われるかもしれないが、無職には大事なことだ。ケチを悪いことみたいに言うな。ケチは無職の命綱と言ってもいい。それに、何もこれはお金だけの話をしているわけでもない。同じく巷間よく言われているよう、残りの人生を考えれば食事を取れる回数は有限なのだから、いい加減な食事をするべきではない。ならばそれは書籍にだって言えることではないのか？　思いもしない本と出会うことは、別段読みたくなかった本を読むことに時間を割くということでもある。映画のフィルムにポップコーンやコーラの映像を挟み込み、売上アップを狙う行為と何が違う？　そのために、本来読みたかった本を読むことができなくなってしまえば、本末転倒である。本の話だから本来とか本末転倒とか言っているわけではないが、コストパフォーマンスやタイムパフォーマンスを重んじるならば、偶然本と出会う場所というのは、危うさすらある。もっとも、衝動買いがリアル書店の専売特許かと言えばそんなことはない。ぜんぜんない。金銭感覚が軽やかにならざるを得ないクレジットカードで購入するネット書店では必然財布の紐も緩くなるし、本が物理的に積み上がらず、収納場所に困らない電子書籍でも、やはり財布の紐は緩みがちだ。今時紐で縛る財布もあるまいが、そうやって出費が増えるからこそ、ネット書店や電子書籍が隆盛を極めているのかもしれない。隆盛を極めているは言い過ぎだったと鬼怒楯岩大吊橋ツキヌは反省する。バブル期と比べれば、結局はどんなプラットフォームも出版不況の範囲内だ。仲間内で揉めてもそれは蠱毒である。バブル期を直接知っているわけではないし、その時代の出版界のありようが全面的に正しかったと言うつもりもないが、ともあれ鬼怒楯岩大吊橋ツキヌは、リアル書店を応援するために、リアル道路を歩き、リアルバスに乗って、リアルショッピングモールに這入り、リアルエスカレーターに乗って、リアル書店に入店した。断じて、リアル書店で本を手に取ってページを開いて選別し、のちに家に帰ってネット書店で注文しようとしたわけではない。マナー違反だと思うし、それでは明日までに間に合わないし。

幸いなことにその行きつけの書店には、猫コーナーという平積みのエリアがあった。行きつけでありながら、こんなエリアがあったとは今の今まで、鬼怒楯岩大吊橋ツキヌは知らなかった。自分はいったいどれだけものを知らないのだろうと絶望的な気持ちになる。昨日今日に設置されたのかもしれないが、単に猫に興味のない鬼怒楯岩大吊橋ツキヌが、気付いていなかっただけだろう。こういうのをカクテルパーティー効果というらしい。新しい言葉を覚えた途端、その言葉がやけに目につくようになるという現象である。現象に対して用語が軽過ぎる気もするが、確かに、カクテルパーティー効果という用語を憶えてからは、カクテルパーティー効果という言葉をよく見聞きするようになった実体験がある。個人の体験なので何の証拠にもならないが、しかしながら、こうして書店の中でもいいポジションを堂々と占拠している辺り、猫の猫らしさが書店においても発揮されていると考察するのは、猫に関してポリシーのない鬼怒楯岩大吊橋ツキヌの穿ち過ぎであろうか。たとえそうであったとしても、鬼怒楯岩大吊橋ツキヌが、ここで気勢を削がれたような気持ちになったのは確かだった。新生活を前にしたわくわくを、その日のうちに失いかねなかった。まだ猫そのものを前にしたわけではなく、その生き物について書かれた書物を前にしただけだというのに、十分にうんざりさせられた。自宅に土足で踏み込まれたみたいな気持ちになった。これは比喩であり、自宅に土足で踏み込まれたことはないが、そんなことをされた気持ちの想像はつく。たぶん今みたいな気持ちだ。もっとも、リアル書店は鬼怒楯岩大吊橋ツキヌの自宅ではないし、どこであれ、猫が土足で踏み込むのは当たり前だ。ここが本屋さんだから言うわけじゃないが、靴を履いたり脱いだりする猫なんて、童話じゃあるまいし。そしてリアル書店だろうとネット書店だろうと、売れる本が前面に押し出され、こうして平積みにされるのもまた理に適っている企業努力である。ここを否定するのは極めて危険だ。偶然の出会いというのもそういう意味では仕組まれている。書店員さんは問屋さんから届いた本をランダムに並べたりはしない。探しやすいよう、出会いやすいようにとことん整えられている。言い方を変えるなら人為が働いていて、そのお陰で鬼怒楯岩大吊橋ツキヌは労せずして、こうして目的の本と出会えたというわけだ。感謝をするべきであって、なぜ猫コーナーなどを作ったのだと怒り狂うべきではない。怒り狂うという表現は危うさを孕んでいるが、通例として今のところは認められている。孕んでいるという言葉も微妙なラインであるかもしれぬけれど、二〇二三年現在、ＮＧワードというほどではなかろう。表現の幅を自ら狭めるべきではない。猫コーナーを認めるのであれば、怒り狂うことも、孕んでいることも認めなければ。だが一方で鬼怒楯岩大吊橋ツキヌは、遺憾な気持ちにもなる。何も猫エリアに限ったことではない。書店入り口付近の売り上げランキングや、陳列され、ポップや帯に飾られた文芸からコミックスまで、各種受賞作を目にすると。そういった数字と無縁になれる場所こそが、書店ではなかったのか？　売れる本しか置かなくなってしまったから日本国中、どこの書店の景色も一様になってしまったのだと、鬼怒楯岩大吊橋ツキヌは嘆かわしく思わずにはいられない。言うまでもなくこれは鬼怒楯岩大吊橋ツキヌの典型的な勘違いであり、実際には本屋さんには、売れない本もいっぱい置いてある。むしろ売れていないからまだ書店に置かれているのだとも言える。売れた本はこの場からなくなるのだから。論理的に言うならば、リアル書店に置かれているのは売れていない本だけだ。目の前にある猫に関する本もすべて、売れていない本である。まだ。そう考えると少しだけ、鬼怒楯岩大吊橋ツキヌは、胸のすく思いがしたけれど、とは言えリアル書店を応援するという名目で訪れた以上、ペットシッターを天職とするための必要な知識の獲得を立ち読みで済ませるというわけにはいかない。人生がかかっている。天職は言い過ぎだ。かかっているのも人生というほどではなく、せいぜい転職である。だが、明日から来るように要請するような雇い主は、平気な顔をして、明日からは来なくていいと言いかねないとも思う。己を鼓舞するためにも、またリアル書店存続のためにも、身銭を切らなければならぬ。投資が大切だと今や誰もが言っている。ちょっと前まで貯蓄が大切だと誰もが言っていたはずなのに。鬼怒楯岩大吊橋ツキヌに、ペットシッターとしてうまくやっていきたいという強い志があるわけではないけれど、しかし就職活動に戻るのは心底嫌だという強い志ならある。話が逸れたり長くなったりしてはいけないのでこれまで黙して語らずに来たけれど、鬼怒楯岩大吊橋ツキヌは、就職先を脳外科医のペットシッター一本に絞って狙い撃ちしたわけではない。他にもあれこれエントリーシートを書き、履歴書を書き、就職アプリに登録した。どれもこれもご縁がなかったり今後のご活躍をお祈りされたりした。自己肯定感がバリバリに下がるあの生活に戻るくらいならば、興味のない猫の本を買うくらい、お茶の子さいさいである。就職活動全般を自己肯定感の下がる生活と定義したわけではない。あくまで個人的なエピソードであり、未来ある若者の参考にしていただきたいだけだ、他の意見と同様に。自己肯定感だって、必ずしも高ければよいというものではなかろう。自己肯定感の高さに苦しむ局面だってあるはずだ、鬼怒楯岩大吊橋ツキヌには無縁だけれど。

大量に陳列される猫本のうち、どの本を買ったらいいのかは猫素人の鬼怒楯岩大吊橋ツキヌには決めかねたので（猫素人だからこそ猫本を購入するわけだが）、売れてそうな本から、あるいは受賞歴のある本から、三冊ほど選択した。こういう選び方をする顧客がいるから、ランキングや賞レースはやめられないのだろう。売れればよかろうという風潮に苦い顔をして苦虫を噛み潰しながら苦言を呈しつつも、しっかりその施策に関与し、甘い汁を吸い、なんなら応援してしまっているあたり、経済活動というのはややこしい。ややこしいというのは事情が絡み合っているという意味であって、鬼怒楯岩大吊橋ツキヌは、経済活動そのものを悪し様に罵りたいわけではない。ひょっとするとこのややこしさは経済の循環について語っているのかもしれない。支払いは無人レジ、つまりセルフレジで済ませた。カバーも自分で巻いた。鬼怒楯岩大吊橋ツキヌは読む本に必ずカバーを巻くタイプではないけれど、なんとなく、猫の本を読んでいるところを見られたくなかったのだ。猫が好きだと思われるのが恥ずかしいのではなく変節したのだと思われることが恥ずかしい。しかしセルフレジを使うのであればそれこそネット書店と大差ないようにも思ったが、これもリアル書店への一助となるのであれば、やむかたない。しかしながら、セルフレジ活用によって削減されるのは人件費であって、ならば鬼怒楯岩大吊橋ツキヌが応援したいと思っている書店員さんの職を奪うことになりかねないのではという、真偽不明な心配もないではなかった。レジ打ちから他の職務に回っただけだと信じたい。自分があれだけ辛い思いをした就職活動を、書店員さんにしてほしいとは思えない。ともあれ、こうして鬼怒楯岩大吊橋ツキヌは、ペットシッターを勤めるにあたっての最低限の知識を入手した。

もっとも、入手したとて、本は読まねば身につかない。買っただけではインテリアである。そして実際には読んだところで身につかない。少なくともそう簡単には。しかしこれだけの本を読んだという実績は、自身にはならなくとも自信にはなる。少なくとも上っ面であろうと知見を得ることはできる。上っ面を否定的に言ったが、上っ面が一番大事という意見もある。もちろんインテリアだって大事だが。たとえば鬼怒楯岩大吊橋ツキヌは、ペットシッターの仕事のひとつに猫への餌やりがあることとそのものは心得ていたけれど、今時、餌なんて言ったら即座に動物虐待者の濡れ衣を着せられることになるようだ。価値観がアップデートされた。確かに家族に対して餌とは言うまい。自分の食事を餌と言うか？　メシとは言うか。ともかく昔は猫の餌と呼ばれていた栄養素は、現代ではフードと表現するらしい。そのフードにしても、猫にはあげてはならない食材があるらしい。たまねぎなど与えようものなら動物虐待を通り越して死刑囚も同様だと書いてあった。実際にはそんな過激なことを書いた書物はなかったけれど、遠回しに書いてあったようなものだ。現実的には死刑囚が同時に動物愛好家であっても何もおかしくはないので、動物虐待が凶悪犯罪に繋がるという言説には疑義を呈さなければならないが、しかしものの本によれば、動物虐待自体が凶悪犯罪であるのだから当該言説は何ら事実に反していないとのことだ。ぐうの音も出ない論破である。ぐうの音というのは空腹を意味するオノマトペではないし、論破されたと言うよりもそんな強い主張をしてくる人間とは議論をしたくないという不戦敗の気持ちのほうが強いけれど、とにかく、猫の食事には隅々まで行き届いた配慮が必要らしい。自分の食事だってこんなに気を配らないというほどの配慮が。そんなことも知らずにペットシッターに応募した時点で、鬼怒楯岩大吊橋ツキヌは動物虐待をしているようなものかもしれなかったが、人間にはやり直すチャンスがあるべきだ。その他にも猫のトイレやキャットタワー、猫草などに関する知見を獲得しつつ、同時に本のコラムページに書いてあった保護猫や地域猫の活動などにも目を通すと、脳外科医・犬走キャットウォーク先生が自分を雇った理由が、もう一段階わかりやすくなったように思えたのだから、思わぬ副産物である。

猫という生き物のことを好きでも嫌いでもない鬼怒楯岩大吊橋ツキヌが雇用されたのは、可愛らしい猫ちゃんを前にしても前後不覚になったり人事不省になったりしないからだと当たりをつけていたけれど、それが正解だとしても、真実はより深いところにあったのかもしれない。可愛らしい猫ちゃんという表現をややシニカルに、言ってしまえば突き放したように鬼怒楯岩大吊橋ツキヌは使用したけれど、そうではないケースもあるのではないか。リアル書店で購入した猫の関連書籍は、どの本も猫の華やかな可愛さをこれでもかと言わんばかりに主張していたけれど、必ずしも猫とは、可愛いばかりではないのではないか。言い方を変えるならば、たとえ犬走キャットウォーク先生の飼育する猫が可愛くなかったとしても、ペットシッターとして面倒を見ることができるのか？　と、診察室でおこなわれた面接は、それを問うていた公算は高い。なるほど、確かに、可愛いから猫が好きだと言っている人間は、逆から見れば、可愛くなければ猫を嫌うという風にも捉えられかねない。猫の価値を生命ではなくルックスに見出しているのだから、たとえそうだとしても責められない。それが猫側の、愛玩動物としての生存戦略でもあったのだとすれば、それに溺れた人間をただ一方的に責めるべきではない。そう言うと、一方的でなければ責めてもいいような書きぶりだけれど、猫を可愛いと思うこと自体を責めるのも、その可愛さを比較する行為を責めるのも、同様に酷である。少なくとも自分で猫を飼う範囲に関して言うなら、猫を猫かわいがりすることに、外部から指導を入れるのは行き過ぎている。が、自分の猫を任せるとなると、雇用主には選ぶ権利がある。自分の家の猫が自分にとってもっとも可愛いのは当たり前だが、だとすると留守を任せる相手は、自分ほどはその飼い猫のことを、可愛いとは思っていないということになる。そんな相手に大切な家族を任せてよいのか？　飼い猫の話をしているが、これは下手をすると、人間の育児にもかかわってくるような問題であり、大問題であり、深掘りする値打ちもありそうだ。が、鬼怒楯岩大吊橋ツキヌは、ここではそれをしない。限られた紙幅の中、無駄話をすることは好ましくないし、何より脳外科医・犬走キャットウォーク先生は、飼育している猫を家族とは思っていないし、どころかペットとも思っていない。仮に犬走キャットウォーク先生の目の前でフードを餌と呼称したところで、普通に聞き流すだけだろう。猫まんまと言ってもスルーするかもしれない。正真正銘の猫まんまだったらさすがに一言あるかもしれないけれど（猫まんまは今日日のフードとしては好ましくないと、ものの本にスズメバチみたいな警告色で書いてあった）、犬走キャットウォーク先生にとって自宅で飼育する猫は、実験台である。ゆえに別の懸念もあったのかもしれない。猫を猫かわいがりする層からしてみれば、猫を実験台にするような医療は存在するべきではないに違いないのだから。見るからに風変わりな犬走キャットウォーク先生ではあったけれど、雇ったばかりのペットシッターに内部告発をされるなんて未来を望むほどの風変わりでもあるまい。購入した三冊の本を読む限り、猫好きは、やはり猫に対して中立の立場を許さない傾向にあるようだが、しかし少なくとも自覚的には猫に対して中立である鬼怒楯岩大吊橋ツキヌからしてみれば、猫が動物実験の被検体になっていると聞いても、まあそうだろうね動物だしと納得できる。気の毒にはおもうけれど、その気持ちに基づいて行動を起こそうとまでは思わない。これが猫嫌いだったならばむしろ喝采を上げるところで、さすがにそこまでいくと動物実験の執行者も困るだろうから、適度な反応を持って応じる中立な立場の人間を雇いたいと思うのは、むしろ自然なのかもしれない。猫嫌いにもアレルギーを始め、個人的な理由から文化的な事情まで、様々な事情があるのだから、全員が喝采を上げるとは限らないし、むしろそんな露骨な猫嫌いは少数派だと信じたいのは、言っておくが、鬼怒楯岩大吊橋ツキヌも同じだ。猫という生き物のことは好きでも嫌いでもないが、動物虐待者には心の底から嫌悪感を覚える。そこにフォローは必要ない。猫嫌いと動物虐待者を一緒くたにするのも乱暴だった。猫好きかつ動物虐待者というケースとてあるはずだ。愛しているがゆえに傷つけたりいじめたりするという営為は、人間同士の間でもしばしば見られる生態である。善も悪もない。好き嫌いはあっても。しかし好き嫌いがあるからこそ。ただ、実験台として飼育しているとなると、病気だったり、怪我をしていたりすることも考えられる。先天的な疾患を抱えているかもしれないし、わざと罹患させられているかもしれない。そんな様子を見ても、平常心を保っていられる人間でなければ、きっと犬走キャットウォーク先生の飼育する猫のペットシッターは務まらないのだ。リアル書店で猫に関する書物を購入することで、物理書物の重さ以上の肩の荷が乗ってしまったような気もするが、これはこれで当初の目的をしっかり果たしていると言えよう。どんな悲惨な状態の猫を見ても眉ひとつ動かさないことを誓わなければならないのは、はっきり言って猫素人の鬼怒楯岩大吊橋ツキヌには求め過ぎだとも思うが、意外と高いと思った給与には（むろん、だからと言って辞退したり減額を申し出たりはしなかった）、そういう裏もあったのだと思えば得心がいく。得心？　否、心を無にするのだ。心なんて、最初から無みたいなものなのだから。化学反応を起こすな。しかしながら、付け焼き刃の試験勉強のようなそんな覚悟は、翌日、ものの見事に雲散霧消することになる。付け焼き刃を軽んじるわけでも、試験勉強を軽んじるわけでもないし、まして雲や霧を軽んじる、文字通り天に唾するようなつもりは鬼怒楯岩大吊橋ツキヌはまったくなかったけれど、現実は鬼怒楯岩大吊橋ツキヌの想定を大きく上回ってきたし、よく考えれば唾をまるで汚い飛沫のように語るのもよくなかった。雑菌は含まれているだろうし、感染症が広がる原因にはなるかもしれないが、それは人間が生きる以上絶対に発せられる飛沫であって、汚いものや悪いもののように扱うのは誤りである。唾がなければ大変なことになる。昔は擦過傷に対して、唾をつけておけば治るなどと言われていた、信仰の対象でもあったのだ。そんな唾に罵声を浴びせるだなんて、文字通り、唾に唾する行為だったと言えよう。もっとも、鬼怒楯岩大吊橋ツキヌが本日より向き合わねばならない課題は、これから面倒を見ることになる対象が、そんな唾を吐く行為のできない猫だということなのである。それも購入した本に書いてあったことだが、猫と嘔吐は切り離せないそうだ。そのケアを労だの苦だの思うような劣悪な人間には猫を飼う資格はないと、書籍は暗黙のうちに読者を睨みつけていた。鬼怒楯岩大吊橋ツキヌとしても、そこは仕事なのだから心がけようと誓ったが（実際には割り切ろうくらいの気持ちだった）、しかしと言うかつまりと言うか、それも取り越し苦労だったということになる。その取り越しの苦だの労だのは猫を飼う資格にかかわるまいけれど、犬走キャットウォーク先生の飼育する猫は、唾を吐けないのと同様に、嘔吐することも不可能だったのだから。

それが要するに、面構えのない猫ということである。冒頭の一文で既に述べたこの呼称は、伏線だったわけでも意味深長なほのめかしだったわけでもなく、鬼怒楯岩大吊橋ツキヌにとっては素直な事実をわかりやすく最初にまとめて記しただけのつもりだったのだけれど、ことここに至っても、その常識外れの真意が、万人に通じるものかどうかは怪しいところだ。常識外れであることを悪徳であると言っているわけでもまたもてはやしているわけでもないし、怪しいことがいけないと言っているわけでもない。この国の裁判制度には推定無罪の原則がある。その原則は正直言って若干無視されている節もあるけれど、今のところまだ形骸化まではしていない。鬼怒楯岩大吊橋ツキヌはこの国の司法制度を信頼している。屈辱的だったとは言え、元雇用主と和解させてくれたのだから。ともあれ、面構えのない猫と言うのは、もちろん夏目漱石の著作である吾輩は猫であるの語り部である名前のない猫に準えているのであるのだが、残念ながら犬走キャットウォーク先生の飼育する猫に、あの猫のような文学的な可愛げはない。可愛げないことを残念だと言ったのではなく、日本で一番有名な猫であろうあの猫と、似ても似つかないことが残念なのだ。しかしこの言い方も、個性を尊重する風潮に反しているかもしれないので、戒めとして記録には残しておくが、鬼怒楯岩大吊橋ツキヌは撤回する。日本一有名な猫かどうかも、エビデンスのない発言だった。日本一有名な犬は忠犬ハチ公だろうか、それとも桃太郎の家来の犬だろうか？　似ても似つかないと言うのも個人の価値観であり、見る人によっては面構えのない猫は名前のない猫の玄孫なのではないか？　という厳しい指摘も聞こえてくる。ごもっともである。そもそも猫という生き物に対して興味を寸毫も持たない鬼怒楯岩大吊橋ツキヌにしてみれば、猫の個体を区別することなんてできないと思っていた。名前のない猫に仮に名前があったとしても、区別はできなかっただろう。演歌は全部同じに聞こえるとかアイドルグループの区別がつかないとか、そういうのと同じだ。演歌やアイドルグループが画一的だと言っているのではなく、これは聞き手の教養の問題である。知らなければ数字や記号でさえ区別できない。だが、そんな風に音楽に対しても、猫に対しても、はたまた数字や記号に対しても教養のない鬼怒楯岩大吊橋ツキヌをしても、労働初日に対面した、面構えのない猫だけは、区別ができた。面構えがないのだから対面はできなかったと言うべきかもしれないけれど、そう。

その猫には首がなかった。

首がなかったと言うと太っているかのような印象も与えかねないので蛇足とは思いつつもう少しばかり言葉を足すと、その猫には首から上がなかった。ただしこの表現も、宇宙全体から見ればどちらが上でどちらが下かというのは極めて相対的であり、首から上がなかったというのが、頭部がなかったという意味なのか、胴体がなかったという意味なのかはっきりしない可能性も無視できない。なので、わかりやすく、そして多少なりともポップになるよう、鬼怒楯岩大吊橋ツキヌは、面構えのない猫という名称を選んだのである。前口上でそれを述べたのは、だから伏線でもほのめかしでもなく、言うならば出オチのつもりだった。同じ夏目漱石の作品で言うなら草枕のような出オチだ。夏目漱石に対する文芸批評ではない。まあ吾輩は猫であるも出オチと言えば出オチである。あの一行目を越えることはどんな小説家であろうともなかなかできないという意味で、出色の出来であるのだから。それに比べると草枕の冒頭は、ためになることを言ってくれてはいるけれど、文章がたまに混じる。智に働けばどれだっけ？　角が立つのか、流されるのか、窮屈なのか。智に働いたことがないのでわからない。とかくに鬼怒楯岩大吊橋ツキヌは生きづらい。

念のために言うと面構えのない猫は剝製ではない。何度も言うように、犬走キャットウォーク先生に飼育されている。つまり生きている、首から上がない状態で。犯人は最初からわかっていましたと言うようでなんなのだが、言い訳をさせてもらうと鬼怒楯岩大吊橋ツキヌは、ある程度覚悟をしていたところがある。医者の飼育する実験動物であるのならば、なんらかの疾患を抱えている可能性は高いと考える際に、もしかすると尻尾や、あるいは手足が欠損しているかもしれないと思ってはいた。病気ではなく、肉体的なダメージを負っているケースもあるだろうと。ならば留守中にペットシッターを必要とするのもわからなくはない。読んだ本の珍しく脅し文句ではないページによれば、普通ペットシッターを頼むのは、長期旅行の際などであって、日常的に雇用するというケースは、少なくとも日本では珍しいようだ。だとしたらその犬走キャットウォーク先生は業務内容を事前に通知しておくべきだろうが、あるいは読まずにサインした雇用契約書の何十枚目かに、きちんと記してあった公算も高い。ただでさえ猫に関する本を三冊首っぴきで読んだ直後だ、もうサインを済ましてしまった書類の細かい字を改めて読み返す気にはならなかったので（一度目も読んでいない）、覚悟が確固たるものだったかと言えばそうではないのだが、仮に確固たるものだったとしても、さすがに首がなく、かつその状態で生きている猫を前にして、鬼怒楯岩大吊橋ツキヌは、驚かずにはいられなかっただろう。脳外科医の住むタワーマンションの一室に踏み入る緊張がそれで吹っ飛んだのだから、結果的にはいいサプライズだったとも言える。

驚いているうちに犬走キャットウォーク先生は、ことの経緯を説明してくれた。今更のように。ただ、何分驚いているうちになされた説明だったし、専門用語も多かったので、鬼怒楯岩大吊橋ツキヌにはよくわからなかった。犬走キャットウォーク先生の言うことを、鬼怒楯岩大吊橋ツキヌなりにまとめさせてもらうと、要するに脳外科医である犬走キャットウォーク先生にとって、病院からの帰り道で拾った、脳がなくても生きているこの猫の生態はとても受け入れがたく、それゆえにこうして自ら飼育することにしたという運びらしい。予想していたことだが、その口ぶりからして、どうやら犬走キャットウォーク先生も、猫好きというわけではないことが決定した。帰路に見かけたのが首がある猫だったら拾わなかったと言わんばかりだったのだから。

見かけた猫を自宅に連れて帰るというのは、法律的に言うと誘拐に近い行為である。猫に人権はないので、より法の精神を徹底するなら遺失物等横領だろうか。下品な言葉で言うとネコババである。猫を拾ったことがネコババになるというのはなんとも皮肉だと言いたいところだが、冷静になってみるとそこまで大した皮肉でもなかった。

誘拐にせよ遺失物等横領にせよ、もしも他人の飼い猫だったらどうするのだ？　と鬼怒楯岩大吊橋ツキヌは思ったが、首がないのだから首輪をしているはずもない。同じく法で導入することが飼い主に義務づけられているマイクロチップにしたって、確か、首の裏側のうなじ辺りに埋め込むのではなかったか？　地域猫の可能性もあるけれど、頭部のない猫に、猫耳があるはずもない。それでも遺失物である以上、警察や保健所などの公的機関に届け出なければならなかったのでは？　おずおずと、あるいはアホの振りをして雇用主にそう尋ねてみた。鬼怒楯岩大吊橋ツキヌの遵法精神の高さゆえにと言うよりは、共犯にされてはたまらないという思いからだった。結んだのは雇用関係であって共犯関係ではなかったはずだ。さすがにそんな契約内容だったら気付いたはずである。これは鬼怒楯岩大吊橋ツキヌの自己評価が普段と比べて突出して高いとも言えるが、可能性だけは誰にも否定できない。裁判官ならできるかもしれない。

しかし鬼怒楯岩大吊橋ツキヌからの手痛い指摘に犬走キャットウォーク先生は一秒たりとて停滞することなく医療の発展は法律よりも優先されると持論を展開した。それだけでは理論武装が足りないと思ったのか、面構えのない猫を果たして猫と定義できるかどうかは自分やあなたの決めることではないと説き伏せるようなことを言ってきた。鬼怒楯岩大吊橋ツキヌが聞きたいのはすべての責任は自分が取るというような言葉だったけれど、そんな言質を取られるようなことは、犬走キャットウォーク先生は言わなかった。まあ前者はともかく付け加えられた後者に関しては、説得力こそ足りなくとも、一定の理はないでもない。盗人にも三分の理と言うのだろうか、確かに、面構えのない猫が生物学的に猫と言えるのかどうかは難しく、かつデリケートな問題だ。猫という生き物を好きでも嫌いでもない鬼怒楯岩大吊橋ツキヌだが、首から上が存在しない猫は、猫以前に、生き物なのか？　猫という生き物のことが好きでも嫌いでもない鬼怒楯岩大吊橋ツキヌだが、面構えのない猫は、その範囲に含まれるか？

むろん、首や、はたまた頭部が存在しない生き物が数多くいることは知っている。と言うより、全体で見れば、首のない生き物のほうが多い。脳があることが生物の証明という論は公平に言って正しくはない。ただ、観測範囲を猫に絞れば話は別である。猫の猫たる所以をどこに求めるかは人それぞれだし、猫好きか猫嫌いかによって意見の割れるところでもあり、どんな意見も当然尊重しなければならないけれど、首のなさこそが猫の証明であると言い張る層はよもやいないだろう。そんな背理法で言えば、面構えのない猫は猫ではない。が、猫でないのならば尚更、遺失物として届け出なければならないという反論も、ならば可能である。工事中に遺跡が発掘されたら土地の持ち主が自費で発掘を続けなければならないという法律もあるので一概には言えないところだが、さておき、猫を遺失物、つまり物体として扱う法律に関しては有識者から疑問の呈されるところではあるわけで、それを論拠にするのであれば、面構えのない猫は猫であってくれた方が好都合ではないのか。にもかかわらず犬走キャットウォーク先生がそちらの説を採らなかったのは、やはりそれだけ、面構えのない猫が猫っぽくないから、本能的にそう言ってしまったのかもしれない。

とは言え面構えのない猫は、面構えがないことを除けば、猫そのものである。まだ子猫と言ってよさそうな体格は、真っ白な毛に覆われていて、その振る舞いもいかにも猫っぽい。正確に言うと鬼怒楯岩大吊橋ツキヌはこれまで生きた猫にほとんど接したことがないので、ここで言う猫っぽさとはメディアのイメージ戦略通りに描かれている猫っぽいということだが、とにもかくにも猫っぽい。これが猫でなければいったいなんだと言うのかと言いたくなる。否、別にそこまで言いたくはならないし、心臓の鼓動が落ち着き、第一印象のインパクトが薄れてきたところで、肝心要の頭部がないのであれば、どうしても猫っぽくはならない。別の動物かもしれない。こちらの脳が認知的不協和を起こす。認知的不協和の正確な意味は知らないので雰囲気で言葉を使ってしまったけれど、それでも、普通の猫と面構えのない猫ほどの齟齬はないはずだ。いいや普通の人間なんていないように普通の猫なんていないのだと、猫の権利や多様性について喧々囂々の議論を広げるのも好ましかろうが、圧倒的な例外を前にすれば、それも虚しくなる。面構えがない猫は猫らしく鳴いたり、猫らしく毛繕いをしたり、猫らしく嚙みついてきたりすることはない。犬走キャットウォーク先生の自宅であるタワーマンションの一室で、放し飼いにされている面構えのない猫は現在、キャットタワーの最上段から鬼怒楯岩大吊橋ツキヌを見下ろしているが、見下ろしていると言うのもおかしな話だ。なぜなら面構えがないのだから、当然、いわゆる左右のキャッツアイもないのだから。猫には瞼が複数あるという、専門書の記述の真偽をそれとなく確認したかったのだが、そんな好奇心はもうどこかへ行ってしまった。

そこまで考えたところで鬼怒楯岩大吊橋ツキヌが気になるのは、こうなるとどのようにこの猫に給餌をすればいいのかという己の仕事にまつわる身近な問題だった。給餌という言い方は猫の権利問題に直結するので、フードを提供すると換言しておくが、目がないように口も舌もないのだから、あれでは栄養を与えることは難しいのでは？

それについて犬走キャットウォーク先生は、ゲル状に溶かした栄養食をスポイトで喉に流し込んであげてほしい、あとは二日に一回点滴を打てばこと足りると説明した。後から後から聞いたこともない就労条件が付け足される。スポイトで喉に栄養を流し込むというのはまだしも（これをまだしもとできることが空恐ろしい。人間は何にでも慣れてしまう生き物だ。と言うより、単なる正常化バイアスかもしれない。百聞は一見に如かずとも言える。実際に目の前に面構えのない猫がいると、いやそんな生き物がいるはずがないと強弁しようとは思えなくなる。勝ち目のない戦いだ）、点滴というのは医療行為ではないのか？　それこそ法律がどうなっているのか知らないけれど、普通、医療従事者でもない人間が、注射や点滴をおこなってはならないはずで、それは獣医師も同じではないのだろうか？　そう訊ねて見ると、犬走キャットウォーク先生は、その昔は昆虫採集キットに青酸カリと注射器が付属していたものだとよく聞くこぼれ話を教えてくれた。それとこれとは話が別なことは明らかだったが、もしかするとうるさいペットシッターだと思われて、適当にあしらわれたのかもしれない。初日から雇い止めをされては敵わないのでこうなると黙るしかなかった。それに、それとこれとが話が別かどうかとて、鬼怒楯岩大吊橋ツキヌの決めることでもない。動物に注射するのは駄目で昆虫に注射するのは自由だというのは、傲慢な思考とも定義できる。また、先程の論調を蒸し返せば、面構えのない猫を猫と、あるいは生き物かどうかとジャッジすることは誰にもできない。ならば生き物かどうかわからない対象に点滴を打つことが、必ずしも犯罪行為であるとは限るまい。布地に針を刺すのと同じかもしれない。ちなみに犬走キャットウォーク先生は、グルーミングの際に生じた抜け毛をＤＮＡ鑑定した結果、面構えのない猫が猫であることは間違いないと太鼓判を押してくれた。なぜ鬼怒楯岩大吊橋ツキヌが自分を納得させようとしたタイミングでそんな卓袱台返しをわざわざ言うのかは謎だったが、しかしまあ、そんなやりとりを経て、すべての疑問は氷解した。すべての疑問というのは明らかに過言であって、三大作図問題のように解けないことが証明された例さえあるが、ペットシッターとしては獣医師免許はおろか何の資格も持たない鬼怒楯岩大吊橋ツキヌが雇われた理由ははっきりした。スポイトでフードを提供したり点滴を打ったりする行為を、スタンダードな猫好きに任せるわけにはいくまい。絶対にいくまい。スタンダードというのも多様性を失わせる危険な言葉だが、便宜的にそう言わせてもらうと、スタンダードな猫好きならば、そんな行為は拒否するのでは？　自分がそうじゃないからと言って、それは猫好きをあまりに軽んじているのではないかともちろん言われるだろう。猫に対する本物の愛情があれば、ただ可愛がるだけではなく、介護にも似た行為も喜んでおこなうはずだと。本物の愛情という言葉はいかにも胡散臭いけれど、老いた猫や怪我をした猫の世話も、猫を飼育する行為の、確かに一環である。ただ、スタンダードな猫好きならば、あるいは猫に対する本物の愛情があれば、面構えのない猫を独占してひっそりとしている人間の存在を知れば、迷うことなく通報するだろう。どこにかはわからないがしかるべき機関に通報するだろう。猫好きは猫可愛さのあまり猫を誘拐するんじゃないかなんて、鬼怒楯岩大吊橋ツキヌは振り返ってみてもあらぬ疑いをかけてしまったけれど、面構えのない猫を見たら、スタンダードであればあるほど、真っ当に飼い主の虐待を疑うべきだ。実際、それもありえなくはない。病院からの帰り道に拾ったみたいな言い方を犬走キャットウォーク先生はしたけれど、面構えのない猫は動物実験の結果生まれた新種の猫であるという可能性もある。可能性もあると言うか、その可能性は著しく高い。脳外科医であるがゆえに脳のない猫に興味をもって囲い込んだとするよりも、脳外科医がゆえに脳のない猫を生み出してしまい、その忌むべき動物実験の結果をひた隠しにしていると考えたほうがしっくりくる。しっくりくるが、しかしこれは鬼怒楯岩大吊橋ツキヌの、映画の見過ぎという気もする。見過ぎというほど映画は見ていないし、スマホの小さな画面で見るアーカイブを映画と表現していいのかどうかの議論にはなるべく参加したくないけれど、マッドサイエンティストのイメージが先行している。忌むべき動物実験というのも偏見だ。忌むべき偏見だ。仮にこの当てずっぽうの推理が的を射ていたとしても、面構えのない猫を生み出したと言うなら、むしろ大々的にその成果を学会に発表しそうなものである。学会とはなんなのか、不勉強な鬼怒楯岩大吊橋ツキヌは知らないが、あるべき組織があるはずだ。スケルトンなテントウムシを生み出したり、光るマウスを生み出したりする研究の世界で、面構えのない猫だけは例外的に隠蔽しなければならないということはなかろう。そもそも、そうでなくとも、猫とて、品種改良の被害に遭いながら、したたかに人間と共存してきた生き物である。それは専門書を読むまでもない基礎教養として、猫に興味のない鬼怒楯岩大吊橋ツキヌとて知っている。たとえばスコティッシュフォールドという種は、ちょこんと座ったその可愛さと引き換えに、絶え間ない苦痛に喘いでいるそうだ。人類の友として改造され続けていた犬ほどではないにせよ、猫も、それこそ遺伝子レベルで手を加えられ続けている。広い意味では地域猫とてそうだろう。ならば嘔吐することのないように頭部を切除しましたという品種改良があってもおかしくはない。もちろん明らかにおかしいが、その正当性を主張する余地が皆無ではない。マッドサイエンティストの主張だが、主張は主張だ。

とは言え犬走キャットウォーク先生がどのような経緯で面構えのない猫を、病院の研究室ではなく自宅のタワーマンションで飼育するに至ったかは、極論、鬼怒楯岩大吊橋ツキヌには関係ない。少なくとも、問いただし、そして一応の説明を受けた。真偽はどうあれ、この事実があれば、鬼怒楯岩大吊橋ツキヌは、共犯者ではなく、善意の第三者でいられるはずだ。そんなことはないのか？　善意の第三者という言葉の善意という部分を、拡大解釈してしまっていないか？　法律上の善意とは、何も知らない立場という意味でしかない。決して鬼怒楯岩大吊橋ツキヌの善性を意味しない。それに、何も知らなかったと言ったところで、すべての犯罪に関して免責されるということはない気もする。ナイフで人を刺したら死ぬなんて知らなかったんですと主張したところで、無罪判決を受けることはできないだろう。全国民が六法全書をくまなく把握していなければならないという現実味のない原則が司法制度なのだから。自分は犬走キャットウォーク先生に騙された被害者なんですという見苦しい言い訳を、裁判官は聞いてくれるだろうか？　無知こそが罪であるとはよく言ったものだ。だが何も知らないという意味では鬼怒楯岩大吊橋ツキヌ以上の善意の第三者はいまい。

しかし結局、鬼怒楯岩大吊橋ツキヌは、余計なことは言わずに粛々と労働することに決めた。決めたというとはっきりした意思をもってそうすることにしたという、つまり決意のようなイメージを想起させてしまうけれど、実際には流れに抗えず、なあなあで既定路線に沿うことになってしまったという言い方のほうが真実に近い。面構えのない猫なんて架空めいた生命体を前に、真実なんてあってないようなものだけれど、あってないようなものと言えば、そもそも鬼怒楯岩大吊橋ツキヌの主体性とて、あってないようなものである。土台、自分の意思を、または意志を貫き通してきたからこそ、その誇るべき成果として鬼怒楯岩大吊橋ツキヌはこの職を得たわけではない。意思と意志の辞書上での意味の違いさえよくわかっていないし、もっと言えば、意識と無意識に差があるとも思えない。冒頭で複雑な事情があると言ったけれど、極論すれば、鬼怒楯岩大吊橋ツキヌがペットシッターを勤めることになったのは、なんとなくでしかないのだから。なんとなく決まったことだからなんとなく辞めるのもなしではなかっただろうが、やはりもう一度一から履歴書をやり直すくらいならば、職も辞さないし面構えのない猫という究極の違和感を見逃すことも辞さないことにした。懲りもせずに就職活動を地獄みたいに表現してしまったのは、ついつい滲み出てしまう就職活動に対する過度な反応かもしれないけれど、就職活動は地獄だ。まあ敢えて言うならば単純な好奇心もあった。知的好奇心とは言えない程度の好奇心である。面構えのない猫はどのような生態なのか？　猫という生き物のことを好きでも嫌いでもなく、興味がなかった鬼怒楯岩大吊橋ツキヌに、お世話をしてみたいと思わせたのだから、面構えのない猫の猫っぷりも大したものである。そう言えばずっと面構えのない猫と、鬼怒楯岩大吊橋ツキヌは内心で呼び続けているが、犬走キャットウォーク先生は、拾ったというこの生命体にどのような名前をつけているのだろう？　今更気にすることではないけれど、合鍵を預けて職場に向かおうとする犬走キャットウォーク先生に、鬼怒楯岩大吊橋ツキヌは、最後にそう問うた。最後に問うことではないが、仮に最初に問うていたとしても、大して今後の労働に影響は与えなかっただろう。なぜなら犬走キャットウォーク先生は、実験動物に名前をつけるタイプの研究者ではなかったからだ。つまりその点では、鬼怒楯岩大吊橋ツキヌが似ても似つかないと表した夏目漱石の描いた猫と、本質のところで似たり寄ったりでもあるらしい。ただあちらの猫は、名前はまだないという、将来的に名付けられる可能性があることが示唆されている。あの本を最後まで読み通した人がどの程度いるのかはわからないが（鬼怒楯岩大吊橋ツキヌは読み通していない）、噂によれば、最後まで苦沙弥先生から名付けられることはなかったそうだ。それでも、名付けられる可能性があったことは、面構えのない猫との大きな差違として挙げられるだろう。可能性があるかないかは、言い換えれば夢があるかないかである。プロ野球選手になるとかプロサッカー選手になるとか、実現可能性は低くとも、そういう夢を見たという幼少期の経験は、無駄にはならないはずである。吾輩は猫であるでも草枕でもなく、こうなると夢十夜っぽくなってくるが、論を俟つまでもなく、鬼怒楯岩大吊橋ツキヌは、当該作品を完読してはいない。ただ将来的に読了する可能性もゼロではない。そんなわけで鬼怒楯岩大吊橋ツキヌは、面構えのない猫のことは、面構えのない猫と呼び続けることにした。あくまで内心でだが。どれだけ不自由な世の中を生きていても、鬼怒楯岩大吊橋ツキヌの内心は自由である。自由は比べるものではないけれど、少なくとも職業選択の自由よりは。しかしながら無気力ゆえに流れに身を任せただけであるというのは、無責任であるよりも大胆不敵な責任逃れの言いかたであり、まるで鬼怒楯岩大吊橋ツキヌに自我がないかのようではあるが、損得勘定で言えば、犬走キャットウォーク先生がお住まいのタワーマンションで、犬走キャットウォーク先生の留守中、仮想的に生活できるというのは、大きな魅力だったことを隠し立てするつもりもない。勤務中、部屋の中のものは好きに使ってくれていいと言われている。鬼怒楯岩大吊橋ツキヌが住んでいる低層マンションとは比べるべくもない。もちろんタワーマンションに対して低層マンションが住まいとしてレベルが低いということではなく、高層低層はただの尺度の問題だし、低層マンションでも、目もくらむような高額家賃の部屋は存在する。昔、興味本位で不動産を検索して、家賃の高い順に並べ替えてみたときには衝撃を受けたものだ。もしかすると面構えのない猫を見たときよりも衝撃だったかもしれない。誰が仮の（借りの）住まいにこんな高額家賃を払うんだと思ったものだが、脳外科医が払うらしい。日中をこの部屋で過ごせるのならば、例外的とは言え、猫の世話くらい何ほどのものでもない。なんならば給与よりも魅力的なくらいだった。むろん、好きに使っていいというにも限度があるだろうし、好き勝手にしていいと言われたわけでもない。楽にしてくださいと言われて本当に楽にするのは、無礼講で本当に無礼を働くくらい危険だ。それに、部屋の中にはカメラが設置されていたので、ワインを開けてソファでだらけたり、犬走キャットウォーク先生のベッドで午睡を貪ったりするわけにはいかない。とは言え防犯用の監視カメラではなく（ペットシッターを見張るためのカメラではなく）、ペット用の見守りカメラのようだ。無線通信で、たとえ手術中でも犬走キャットウォーク先生は、面構えのない猫の現状をスマホで見守ることができるというわけだ。自分なら、頭蓋骨を開けられている最中に、執刀医にスマホを見ていてほしくはないし、さすがに手術室は圏外かもしれないが、まあ、理論的には可能な見守りだ。正直、本でペットカメラの存在を知ったときは過保護じゃないのかと、鬼怒楯岩大吊橋ツキヌは感じた。留守中なんてケージに入れておけばいいんじゃないかと思ったが、そういうのは現代では虐待になるらしい。そのうち、ペットカメラを設置しないことが虐待になるかもしれない。いっそ虐待にならないことのリストを作ってほしい。ただし犬走キャットウォーク先生は過保護だからペットカメラを、あちこちに設置しているのではなく、研究者として実験動物の、二十四時間態勢の観察が必要だから、そうしているとのことである。暗に鬼怒楯岩大吊橋ツキヌの仕事ぶりを疑っているわけではないと言ってくれたのだろうが、そういった意図があろうとなかろうと、カメラがある以上鬼怒楯岩大吊橋ツキヌの仕事ぶりは白日の下に晒されることになるわけで、ほのかに期待していたほど、快適なタワマン生活にはなりそうにない。常に雇い主の目を意識しながらの時間になる。監視社会の波が職場まで及ぼうとは。せめてペットカメラの設置は、面構えのない猫がいる部屋だけにとどめるべきでは？　カメラの台数が増えれば増えるほど、その管理も大仕事になるはずだ。面構えのない猫の観察なんて、何の資格も能力もやる気もない、理系ですらない鬼怒

カバーモデルは
俳優の菅《すご》生《う》新《あら》樹《き》さん!
第65回メフィスト賞受賞作
『死んだ山田と教室
金子玲介
2024年
5月16日発売
KODAN

歴代メフィスト賞受賞者推薦コメント

風森章羽さん（第49回受賞）
くだらないのに楽しい。けれど、ほろ苦くて切ない。青春とは、山田である!!

柾木政宗さん（第53回受賞）
最強を最強と言い切れる山田こそが最強で最高。2年E組がうらやましくなりました。

砥上裕將さん（第59回受賞）
こんな角度の切り口があったのかと驚かされ、こんな結末までこうるのかと震えた！

真下みことさん（第61回受賞）
自分には経験がないはずの男子校での日々が、妙な生々しさで蘇ってきました。

五十嵐律人さん（第62回受賞）
ダサくて、眩しくて、切なくて。青春の全てと感動のラストに、大満足の一作。

潮谷　験さん（第63回受賞）
校舎に忘れてきた繊細な感情を拾い上げてくれるような物語でした。

あらすじ

夏休みが終わる直前、山田が死んだ。飲酒運転の車に轢かれたらしい。山田は勉強が出来て、面白くて、誰にでも優しい、二年E組の人気者だった。
二学期初日の教室は、悲しみに沈んでいた。担任の花浦が元気づけようとするが、山田を喪った心の痛みは、そう簡単には癒えない。席替えを提案したタイミングで、スピーカーから山田の声が聞こえてきた……。騒然となる教室。死んだ山田の魂は、どうやらスピーカーに憑依してしまったらしい。甦った山田に出来ることは、話すことと聞くことのみ。〈俺、二年E組が大好きなんで〉。声だけになった山田と、二年E組の仲間たちの不思議な日々がはじまった――。

栖岩大吊橋ツキヌに任せてくれればいいのに。理系ですらないことを言ったのは、猫の観察に向いていないという意味で使っただけであり、理系は文系より優れているとか、逆に文系のほうが一般的であるとか、そういう優劣をつけた発言ではない。また、文系でも猫の観察に向いている人間はいるだろう。その証拠と言ってはなんだが、犬走キャットウォーク先生は、では観察日誌はつけてもらいますと言った。おや、もしかして自ら仕事を増やしてしまったか？　しかしそれでも、あちこちに隈なく見守りカメラを設置しなければならない理由があるらしい。

留守中、ケージに閉じ込めるのは論外としても、折角部屋が複数あるのだから、あちこちうろつき回らないように猫の居場所を一部屋に限定して、扉をきっちり閉めておくというのは一般的な手法なのに（当然、部屋が複数ある、恵まれた環境の飼い主の話であり、ワンルームマンションでは猫を飼ってはならないという意味ではない）、どうしてそうしないのかと言えば、面構えのない猫は閉じ込めることができないからだそうだ。部屋にも、あるいはケージにも。どんな密室にも、どんな檻にも。どういうことなのか？　説明を受けるとそんなわかりやすい話はなかった。これも修辞的な表現であって、世の中にはもっとわかりやすい話はたくさんあるし、また、本当のことを言うならば鬼怒楯岩大吊橋ツキヌが聞いたその話は、まるでわかりやすくなかった。ただし、わかりにくい話であるだけに、わかったふりをするのも容易だったということだった。説明する脳外科医の方も、決して獣医ではないし、またSF作家でもないのだから。SFなのかどうかも実は知ったかぶりであるとして（SFが何の略なのかも、正確に述べる自信がない。たぶんサイエンスフィクションだとは思うが、綴りは怪しい）、鬼怒楯岩大吊橋ツキヌがわかった振りをしたところ、こういうことだ。猫が伸縮自在のゴム細工であることは万人の知るところで、専門書を紐解くまでもないのだが、かの生き物は、頭が通る分だけの隙間があれば、どんな小径も袋小路も、キャットドアのようにくぐり抜ける性質を持つ。窮鼠猫を嚙むと言うが、猫の方はその意味で窮地に陥ることはないのである、頭ひとつ分のスペースさえあれば。ゆえにもしも非人道的に猫をケージに閉じ込めるのであれば、檻の格子の幅を猫の頭部以下のサイズにしなくてはならないのである。逆に言うと、猫の頭部よりも狭い檻を設置すれば、猫の脱走は防げるということになるのだけれど、ここで面構えのない猫が登場する。頭が通るだけのスペースも何も、面構えのない猫には、その頭がないのである。数学的に言うならば頭がゼロだ。どんな狭い隙間であっても、ゼロが通れない隙間はない。ゆえに面構えのない猫は、密室に閉じ込めようとケージに閉じ込めようと、シュレディンガーの箱に閉じ込めようと、するりと脱け出す生態を有しているのである。なるほど、全部屋に見守りカメラが必要なわけだ。むしろそうやって常に監視していないと、扉どころか壁や天井、あるいは床さえ、面構えのない猫にとってはお気に入りの抜け道みたいなものなのだから。そういうことなら、むしろ鬼怒楯岩大吊橋ツキヌをペットシッターとして雇うまでの間に、よく脱出されなかったものだと思うくらいだったが、しかしまあ、猫という生き物はテリトリーを思いのほか重んじるものだとも聞く。犬走キャットウォーク先生は面構えのない猫を実験動物としか思っていないけれど、面構えのない猫のほうは、少なくとも犬走キャットウォーク先生を飼い主ではなくとも、宿主だとは思っているのかもしれない。猫が思ったりするのかどうかは疑問も甚だしいし、まして頭部がないとなれば尚更だが。今のは頭部のない猫が思考するはずがないという霊長類からの傲慢な決めつけではない。そう言えば先程当然のようにシュレディンガーの箱と、シュレディンガーの猫というSF用語をもじったが、実際にはこれはSF用語ではないし、鬼怒楯岩大吊橋ツキヌの知見では、ちゃんと説明することは不可能だ。シュレディンガーの猫を抜かりなく説明できるかどうかこそ、説明してみるまではわからないシュレディンガーのシュレディンガーである。しかしこれを誰もが知っていると思うところから読書離れは始まっていくとも言えるので手短に解説だけはしておこう。一番簡単に言うと箱の中の猫は生きているか死んでいるかわからないというたとえ話だ。前文にあっている部分は一文字もないが、これくらいざっくりした理解で進めたほうが身のためである。そもそも猫の生死を二択のように語る時点でシュレディンガー博士は愛猫家からこてんぱんにされかねない。例としてあげただけでも、鬼怒楯岩大吊橋ツキヌとてただでは済まないだろう。当局に通報され、シュレディンガーの猫のようにブタ箱にぶち込まれてしまう。ブタを悪く言う意図はない。鬼怒楯岩大吊橋ツキヌはポークカレーが好きだ。

取り急ぎ見守りカメラがあちこちに設置されているのはペットシッターの働きぶりを監視するためでないことが本当だとわかって心の底からほっとしたけれど、そのためではなくとも、結果として働きぶりを監視されていることにやはり違いはない。結果がすべてだ。元々真面目に働くつもりだった鬼怒楯岩大吊橋ツキヌではあるけれど、見張られていると思うと気が引き締まると言いたいところだったが、実際には言いたくはなかったし、むしろモチベーションは下がった。ソファで寝転ぶとか、そういうサボタージュは論外としても、適度な休憩も取りづらいと思うと、まずはカメラの死角を探すところから始めねばなるまいと、鬼怒楯岩大吊橋ツキヌは、余計な仕事が増えた思いだった。

ともあれこうして鬼怒楯岩大吊橋ツキヌの新生活はスタートを切ったことになるのだけれど、直感した通り、事前に準備してきた心構えや一夜漬けしてきたペットシッターとしてのマニュアルは、面構えのない猫に対してはほとんど通用しなかった。当然と言えば当然で、相手は猫かどうかも本当のところ定かではないのだ。DNA鑑定の結果もあるのだから、生物学的には猫なのかもしれないし、キャットタワーに登ったり、あちこちで爪を研いだりする振る舞いも、尻尾の付け根を撫でると喜ぶとかのリアクションも、いわば猫そのものなのだけれど、わかりやすく餌付けみたいなことができないというのは、動物に対して距離感を詰めづらい。点滴をしたからなつくという可能性は普通はゼロだろう。点滴でなくとも、水で溶いたフードをスポイトで喉に流し込むという動作は、胃瘻に近く、どうも食事をさせているという感覚に繋がらない。胃瘻を批判しているわけではないことを鬼怒楯岩大吊橋ツキヌは強く明記しておくが、尻尾の付け根を撫でたとき喜んでいるかどうかも、実のところ、表情が見えない以上は、こっちの思い込みかもしれない。まあ見えたところで、相手は動物なのだから、喜んでいるかどうかなんてどの道思い込みではあるのだが……、それにしても鬼怒楯岩大吊橋ツキヌが猫を撫でる時代が来ようとは、我ながら感慨深かった。相手が面構えのない猫であっても、触り心地は平均的な猫と変わりがないはずである。もしかすると猫を撫でることで鬼怒楯岩大吊橋ツキヌも猫好きの気持ちを理解できるのでは、もっと言えばがらりと豹変して猫好きになったりするのでは、豹だけにとおっかなびっくりではあったのだけれど（ネコ科だ）、特にそういうことはなかった。動物を撫でたという感覚があっただけだった。ちゃんと獣臭いと言うか、そう言って悪ければ、ちゃんと動物の匂いがするなと、相手が妖怪とかのたぐいではなく、生命体であることが認識できたのは大きな収穫だったが、大きかろうと小さかろうと、収穫はそれだけだ。逆に、ここで猫嫌いの方面へ足を踏み入れるということもなかったことも、鬼怒楯岩大吊橋ツキヌは現場から報告しておく。もしここで引っかかれたりしていれば、話は別だったかもしれない。面構えがない以上、嚙みつかれることはないにせよ、鋭い爪で自らの皮膚を引き裂かれて、猫を許せる自信はなかった。一生恨む可能性すらある。猫を憎むだけの人生だ。そういう意味では面構えのない猫は、手のかからない、おとなしい猫だった。おとなしいとは漢字で大人しいと書くが、これは印象操作と言われても仕方がないだろう。大人は大人しくない。同じく子供の供の字が人権を侵害しているから子供は子どもと書くべきという主張も根強いが、この場合は平仮名で書いたところで別に意味は変わっていないのでは？　と鬼怒楯岩大吊橋ツキヌは思う。どもと言ってしまっているのだから。大人供のひとりとして思う。と言えるほど鬼怒楯岩大吊橋ツキヌは大人ではないが（特に精神的には）、しかしまあ、実際に猫の爪を間近で見たり、爪を切ってあげたりしていると、猫に引っかかれても許せる飼い主の皆さんは、聖人なんじゃないかとは言いたいところだった。言いたいところと言えば、決して今言うことではないけれど、愛猫家に疑問ばかり呈していて悪かったと反省した。飼い主という表現も、そういう方々にとっては誹謗中傷に当たるのだろうか。オーナーとかハンドラーとか言うべきか？　いや、ハンドラーは、犬に対しての言葉だ。散歩させる必要のある犬の。専門書によれば、犬派の勢力を猫派が逆転した理由のひとつに、猫は散歩させなくていいからというのが挙げられるそうだ。むしろリードで猫を繋いでお外を連れ回したりすれば、動物虐待の嫌疑をかけられる。飼い主は、もといオーナーは、常に動物虐待の嫌疑をかけられるリスクを負う。

まあこれは子育てでも同じことではあるし、教育者も抱えるリスクである。動物虐待や児童虐待を、己とは無関係なリスクと捉えるのはとても危険で、誰だっていつ自分が加害者になるかわからないことは心がけておかねばならない。命に対して責任を持つとはそういうことなのだろう。そもそもこの仮説はあくまで仮説でしかなく、鬼怒楯岩大吊橋ツキヌが他に聞いたことがある仮説では、犬はどれだけ人間の友と言われていようとも、あるいは可愛く忠誠を誓ってこようとも、一対一で戦ったら負ける迫力があるからだというものに説得力を感じた。猫も元々狩猟動物だったことを思えば相当強かろうが、少なくとも逃げ切れないイメージはない。力で勝てない相手には、本能的に脅威を覚えるのは当たり前だ。だから自分より弱い（少なくともそう見える）猫が徐々に人気を博してきたのだとすれば、その根拠が動物虐待に繋がってしまうことも否めない。今の鬼怒楯岩大吊橋ツキヌは、オーナーでもないしハンドラーでもない、ペットシッターだけれど、じゃあペットシッターはプロフェッショナルなのだから動物虐待なんてするわけがないかと言えば、そういうことはない。鬼怒楯岩大吊橋ツキヌが、まだなりたてだからとか、プロ意識が低いからとかいうことではなく。なのでオーナーの脳外科医が、ついでに鬼怒楯岩大吊橋ツキヌを見張ろうとしていても責められない。鬼怒楯岩大吊橋ツキヌは、引っかかれたら絶対に許せないとか思っている狭い心の持ち主なのだから。

それにしても、見た目のインパクトに反して面構えのない猫がおとなしいほうなのは、面構えがないゆえなのだろうか？　鬼怒楯岩大吊橋ツキヌは雇い主と違って（ここでもオーナーと言うべきだろうか）、脳の専門家ではないけれど、動物は脳に損傷を負うことで活動力が低下するという事例はあるはずだ。あるはずだと言いつつ、そんな事例の実例を鬼怒楯岩大吊橋ツキヌが知っているわけでもないので、フィクションのイメージかもしれないけれど、面構えのない猫は脳がないゆえにおとなしいのではないかと推測したが、これはただの邪推で、脳がなければ思考はできないはずという凡百の常識にとらわれているだけとも言える。まさにその常識を打破するために、犬走キャットウォーク先生は、実験動物として自宅に確保し、独占しているのだろうが、そちらの方面に関して、鬼怒楯岩大吊橋ツキヌが力になれることはない。と言うより、力になりたいと思わない。職務の範囲外だからというシステマチックなことではなく、そういう重要事項に関して己の名を残したくないという気持ちが強い。前職での経験を、特に失職した際の経緯を踏まえると、大ごとには関わりたくないと鬼怒楯岩大吊橋ツキヌは思っている。大ごとという言葉は漢字で大事と書くと一大事の大事と区別がつかなくなるので事をごとと開いているけれど、もっとも大ごとと大事だと、意味はそんなに変わらないので、余計な気遣いかもしれない。子供と子どもくらい、そんなに変わらない。それに、重要な仕事に携わりたくないと言っても、重要でない仕事などこの世にないことはわかっているつもりだ。ただしこのつもりが、なんとなく建前であることもわかっている。仕事のための仕事みたいなものがこの世に存在することも、いい歳になった鬼怒楯岩大吊橋ツキヌはわかっている。否、年齢は関係ない。二回目ではなく、大学在学中の最初の就職活動の際から思っていたことだ。職業に貴賤はないが、要不要はある。具体的に言うと誤解しか招かない危険な議論ではあるし、ことはエッセンシャルワーカーの定義にもかかわってくるが、下請けの下請けの下請けの下請けの中間業者とか、予算が余ったから何かしようという事業とか、機械に奪われないために奮闘する伝統文化とか、そんな感じだ。給料を発生させるためだけの仕事というのも、恐ろしいことに存在する。まあ経済を回すために必要不可欠な仕事であると言えなくもないが。逆に言うと仕事とは、要不要ではないということでもあり、それは不要不急の活動が禁じられた時期にも、ある種一部で、証明されたとも言える。自分の仕事は不要不急なのかと多くの人々が懊悩した時期でもあるが、一方で、必要から生まれたものではない仕事には、それに匹敵する値打ちがあると解釈できなくもなかろう。その伝で言うと、脳外科医という犬走キャットウォーク先生の仕事は、どう解釈しても不要不急ではなく、また代わりの利くものでもないので、邪魔をしてはならないと鬼怒楯岩大吊橋ツキヌは思う。その程度ならば、重要事項に協力してあげてもいいだろう。なんにせよ、面構えのない猫が猫にしてはおとなしいということだけは事実なので、初心者ペットシッターにはありがたい話である。命拾いしたとさえ言える。まあ、他の猫を知らないので、相対的に面構えのない猫がおとなしいのか、それともこれで気性の荒い方なのかは、鬼怒楯岩大吊橋ツキヌには判断ができないし、守秘義務を結んでいるので、猫飼いの友人などに相談もできない。そして鬼怒楯岩大吊橋ツキヌに、猫飼いの友人はいない。厳密にはまるっきりいないでもなかったが、猫飼いの友人達は、鬼怒楯岩大吊橋ツキヌが猫という生き物のことを好きでも嫌いでもないということを知ると、人格を疑って、そっと離れていった。猫のように。ペットは飼い主に似るというが、飼い主もペットに似るのかもしれない。まあここでペットとか言っちゃうところが、人格を疑われる主因だったのかもしれないし、他にも原因があったのかもしれない。ちなみに猫嫌いを公言する友人は掛け値なくいない。公言しないだけで猫嫌いだっているはずなのだが、時代の流れで、それを臆面もなく言うことは極めて難しくなった。猫が嫌いだというのは、人権が嫌いだと言っているのと同じ扱いを受けるのだ。あたかもずっと昔からそうだったかのようだけれど、実のところ、ここ十数年くらいの流れである。もしも猫に野心があれば、人類はとっくに征服されている。

ところで、少しだけ話を逸らすと、鬼怒楯岩大吊橋ツキヌが言うところの猫という生き物は、あらゆる動物の中でほとんど唯一、労働を嫌う生態があるらしい。いや働くのが好きな動物なんていないだろう、いたとして人間くらいだろうという声も聞こえてくるし、確かに日本人はかつてエコノミックアニマルと呼ばれていたりしていて、時を経てその実態が大きく変わっているとも言いがたいけれど、労働が生物の基本であることもまた事実だ。労働という言い方が不適切であるならば仕事量といったところか。難しい言葉で言うならコントラフリーローディング効果。シュレディンガーの猫よりも簡単に言うとタダ飯よりは働いたお金で食べるご飯のほうがおいしいという理論なのだが、動物も、たとえ横取りという形であっても、自分で捕った獲物の方を好むらしい。理論なのだがと、逆接の接続詞を用いながら順接の文章を続けてしまった。しかし自然にも聞こえるから、これは文法的に認められているはずだ。ともかく、人間にある（そして利用されがちな）働きたい、働いて認められたいという欲望は、コントラフリーローディング効果で説明がつくというわけだ。他でもない鬼怒楯岩大吊橋ツキヌだって、裁判で和解したとは言っても職を失い、生活に困窮するにあたって、生活保護という福祉を利用するよりも、地獄でしかない職探しを選択した。福祉を利用することは当然の権利であり、なんら恥じることではないはずなのに、正体不明の抵抗があった。いや、実のところ正体不明の抵抗の正体ははっきりしていて、恥じることとじゃなくてもそれを恥扱いしてバッシングしてくる周囲の目が気になったからなのだけれど、その一方で、自分の食い扶持を自分で稼ぎたいという本能めいた欲求があったことだって、嘘というほどの虚偽ではない。が、この嘘というほどの虚偽ではないコントラフリーローディング効果が、あらゆる動物の中で、猫にだけはないらしい。たぶんあらゆる動物の中でという部分は誇大広告で、猫以外にもそういう動物はたくさんいる気もするし、猫が元々狩猟動物だったことを思うと、限られた条件下のイエネコの話なんじゃないかとも思うが、まあ専門家がそう言っているのだからそうなのだろう。イエネコと野良猫の違いはどこにあるのか？　地域猫になってしまえば野良猫ではなくなるのか？　野良猫をノネコと表記すれば駆除してもよくなるという驚異の理論もあるらしい。コントラフリーローディング効果ならぬラベリング効果だ。ならぬというほど両者は繋がってもいないけれど、そこから専門家ならぬ素人ペットシッターが素人考えを膨らませれば、猫は可愛いことが仕事なのかもしれないとも思う。いや、可愛さを称えているわけではない。もう言わなくてもいいだろうが、鬼怒楯岩大吊橋ツキヌはそんな猫派ではない。しかし、その可愛さでもってして、猫は人に寄生することに成功したんじゃないかというような仮説は非常に納得できる。犬は可愛さよりも実用でもってして、人間社会に食い込んだ。しかし猫は愛玩動物を装って、人の家に、つまり人の巣に入り込み生活をしている。立ち止まって考えてみれば空恐ろしいことである。エメラルドゴキブリバチを思わせる生態とも言える。エメラルドゴキブリバチについて詳細を聞きたい人なんていないと思うけれど、ここまであれこれと細かに説明しておいてエメラルドゴキブリバチについてだけスルーするというのも筋が通らないので軽くではあるがなぞっておくと、エメラルドゴキブリバチはそりゃあ蜂の一種であり、ゴキブリに寄生する。ゴキブリの脳に針を一刺しし、その動きをコントロールする。ゴキブリの巣まで案内させ、そこでゴキブリに卵を産み付け、自分の子供達の餌にする。カッコウの托卵が可愛く思えるような悪辣さだが、猫が人間にしていることも、これに近いのかもしれない。人間の脳を可愛さという毒で麻痺させ、巣に連れ込ませている。上げ膳据え膳で至れり尽くせりで、人によってはペットシッターまで雇うのだ。ペットを飼ったために生活が圧迫される例とてあるほどである。さすがに脳に針を差し込んでいるわけではなかろうが、猫に舐められることで感染する病というのもあるそうなので一定の注意は必要である。面構えのない猫には舐められる心配はないけれど、脳外科医である犬走キャットウォーク先生には、そういう仮説も検証してほしいところだ。鬼怒楯岩大吊橋ツキヌが猫という生き物を好きでも嫌いでもないのは、生まれつきその毒に関する免疫をもっているからかもしれない。猫に興味を持たない人間は珍しいとは思うけれど、自分だけだとは思わないので、この仮説には無理があるとは言え。それに、仮に猫がヒトに寄生しているとしても、それがウィンウィンの関係であるなら、つまり片利共生でないのであれば、問題はなかろう。仕事の要不要について、鬼怒楯岩大吊橋ツキヌは思えばいらないことを言ったけれど、脳外科医の飼育する面構えのない猫のペットシッターというこの奇妙な仕事は、この猫がいてこそ生じたものである。面構えのない猫が犬走キャットウォーク先生に寄生することで、鬼怒楯岩大吊橋ツキヌは生計を立てられるのだ。コントラフリーローディング効果で。感謝しながら身体を拭かせてもらわねばならない。

鬼怒楯岩大吊橋ツキヌが本気で仮説を唱えていると思われては何なので正しておくと、猫が人間に寄生しているというのは成層圏レベルで机上の空論だし、万が一そういう生態があったとしても、その寄生は種として失敗していると評価せざるを得ない。進化とは別段、正しさを目指して枝を、つまり樹形図を伸ばすものではないと言うけれど、人間への寄生は、そういう意味では悪手でしかない。なぜなら人間に飼育されると睾丸や子宮を摘出されるからだ。いわゆる去勢手術や避妊手術だけれど、自身で猫を飼っていない鬼怒楯岩大吊橋ツキヌに言わせれば、それは罪悪感を減衰させるための婉曲表現という気もする。もちろん病気でもない器官を摘出されるなんて可哀想だなんて一点の曇りもない正義感に満ちた物言いは、牛さんは食べられて可哀想というのと大差ない。あるいは野菜さんは食べられて可哀想と言っているのと大差ない。公平に言って、もし宇宙人が地球人類を観察したときには、猫が人間に寄生しているのではなく、人間が猫を家畜化していると記録するだろう。真実がどちらにあるのかと言えばたぶんどちらにもないけれど、進化論的な、種の存続みたいな視点で語るならば断種された時点で、寄生ルートはしくじっている。ただこれも古いと言うか、旧時代的な議論でしかないのかもしれない。人間社会においても、家庭を築き、子供を儲けることが平均的な幸福であるなんて時代は終わった。終わったと完全に言い切るにはあくまで根強い家父長制の価値観なのだが、一応終わったということになっている。かく言う鬼怒楯岩大吊橋ツキヌも結婚するつもりも子供を儲けるつもりもないのだ。もっとも、同じことを言いながらあの発言はなんだったと思うほど幸せな家庭を築いていく人間をこれまで山ほど見てきたので、あまり大っぴらには言えない。幸せな家庭が幸せかどうかというのも決めつけられるものではないこともその言えなさを後押しする。猫という生き物のことを好きでも嫌いでもないのと同じくらい、結婚願望がないとは言えないし、母性本能がないとも言えない。母性本能ってそもそもなんだ、男性社会における都合のいい妄想じゃないのかと否定的に考えたくもなるけれど、これはまあ、生物学的にはあっても不思議ではない要素だ。猫に発情期があるように。なければ種が滅んでしまうから。いわゆる去勢手術や避妊手術を施すのは、責任を負えない命を無闇に増やさないためというだけではなく、それで本能的な欲求を抑制することができるからという側面があるらしい。確かに、一生家の中から出さないのであれば取り立てて断種させる必要もないというのが当たり前の理屈だが、そのような繁殖が望めない環境で発情期を迎えるというのは残酷ではないのかというのも、また理屈なのだろう。だからと言って本能的欲求を抑制するために手術をするというのは、脳に毒針を差し込むのと大差のない残酷性も備えているし、発情期の猫は飼いづらいという人間側の都合な気もする。ウィンウィンの関係どころか、人間側からの片利共生であるという見方もできなくはなかろう。一方的だ。人間に飼われることが猫にとって幸福なのかどうか？　幸福だとしても、それはエメラルドゴキブリバチに脳を刺されたゴキブリの幸福と、違うものなのか？　無責任に猫を増やすべきではないじゃなくて、増えた猫の責任を取れよという意見もあろう。確かなのは、猫が人間に寄生されているのだとしても、人間が猫に寄生されているのだとしても、もう後戻りはできないということだ。まあじゃあ今から猫は全部放し飼いにしましょうかとはならない。みんなでインターネットをせーのでやめましょうとはならないように、戦争でも起きない限りならない。ん、じゃあ結構可能性はあるか？　鬼怒楯岩大吊橋ツキヌは国際情勢を解さない。しかし災害に備えて、ペット可の避難所を調べるのがオーナーの心がけでもあるようなので、案外戦争が起きても、情勢は変わらないのかもしれない。

　と、こんな風に去勢や避妊、果ては種の存続について、鬼怒楯岩大吊橋ツキヌがらしくもなく深い考察を巡らせてしまったのは、あるいはその振る舞いをみせたのは、ペットシッターとして、ペットカメラに監視されながら、鬼怒楯岩大吊橋ツキヌなりに真面目に働いているうちに、面構えのない猫に、そのような手術が施されていることに気付いたからだ。リアルな話、面構えのない猫が危惧していたよりはおとなしいタイプの猫なのは（そもそも面構えのない猫であることを鬼怒楯岩大吊橋ツキヌは想定していなかったが）、頭がないからではなく断種手術を施されていて発情期がないからだという解釈も可能である。そんなのは初日に気付けよと言われるかもしれないけれど、猫を裏返しで見る機会というのは、飼い主であってもそうはないのだ。むしろ接している日数や時間の短さを思えば、面構えのない猫が鬼怒楯岩大吊橋ツキヌに懐くはずもないのだから、そんな風にソファで仰向けに眠る姿を見たこと自体、レアとも言える。鬼怒楯岩大吊橋ツキヌがソファで仰向けに眠れば問題行動だが、猫がする場合は、微笑ましい生態となるのだから不公平だ。見守りカメラさえなければ。しかしそんな憤懣よりも、意外さのほうが勝った。面構えのない猫が施されたのが去勢手術なのか避妊手術なのか、それを明示することは控えておこう。いまやアンケートはもちろんのこと、就職活動の履歴書でも、男女の性別欄というのはなくなりつつある現状だ。証明写真もルッキズムに繋がりかねないと、問題提起されることもある。いやいやそんな、アイドルのオーディションならばまだしも、いくらなんでも企業が、人を見た目で雇ったり雇わなかったりするはずがないと鬼怒楯岩大吊橋ツキヌとしては一笑に付したいところだったけれど、これはアイドルオーディションに対する偏見であると同時に、人間の業に対する見識の浅さでもあるし、またヒト族に限らず、もしも犬走キャットウォーク先生が写真つきで面構えのない猫のペットシッターを募集していたら、猫という生き物のことが好きでも嫌いでもない鬼怒楯岩大吊橋ツキヌといえど、履歴書を書いたかどうかは疑問である。猫以外の動物とて結局のところルッキズムとは無縁ではなく、マウスを実験動物にする研究者は、ねずみが可愛いことがバレないように必死なはずだ。性別欄もそういった諸問題と密接に繋がっていることを思うと、面構えのない猫の性別を明かすことも、鬼怒楯岩大吊橋ツキヌは躊躇わざるを得ない。まあそれを言うなら面構えのない猫の手術歴を勝手に明かすことも個人情報ならぬ子猫情報の公開と言えなくもない。実際、猫の里親探しなどにおいては、断種手術を施されているかどうかというのは重要な説明事項だろうし、生じる費用を思うと、それを伏せて譲渡するわけにはいくまい。むろん、犬走キャットウォーク先生が面構えのない猫という貴重な実験動物を譲渡することなどあるまいが、しかしながら、貴重な実験動物が、断種手術を受けているというのは、返す返すも意外である。

と言うより、あってはならないことではないか？　鬼怒楯岩大吊橋ツキヌのような研究畑にない素人だってそう思う。猫かどうかはともかく、面構えのない猫が生命体であることに疑いの余地はない。法律上は物体であっても。飼い主やペットシッターがいなければ、そしてこうして保護されていなければ、生きていくことは難しいかもしれないけれど、それでも生き物であることだけは確かである。首がなくても、脳がなくとも生きていられる哺乳類。脳科学者でなくとも好奇心はそそられよう。脳はほぼすべての生態機能と直結しているのだから。ゆえに、どんな実験をし、どんな解明をするにしても、断種手術だけはしてはならない。これは飼い主のモラルとか、生態系の破壊とか、そういったレベルの話をしているのではないのだ。そういったレベルの話を低いレベルだと言っているわけではないし、もちろん飼い主のモラルや生態系の破壊を重要と考えないことを推奨しているわけではない。だが、レッドリストに載る絶滅危惧種よりも貴重な存在を断種するわけがないではないか。まあ、人類は、遺伝子改良して繁殖を不可能にした生命体を大量に放つことで種を絶滅させたりもしているので（蝿の話だが、蝿ならいいという考えかたは恐ろしく危険だ）、絶滅させるから悪ということはないのだが（でなければ、天然痘の撲滅も悪ということになる）、面構えのない猫をもしも永続的に研究したいのであれば、繁殖能力があるのかどうかは、まず探らなければならない点のはずである。自宅で飼育することになるのだから地域に迷惑がかからないように飼い主の義務として断種しておこうと、犬走キャットウォーク先生が考えるはずがない。そもそもタワマンの管理会社に手続きを踏んで飼育の許可を取っているとはとても思えない。社会的に影響力のある医者という地位の犬走キャットウォーク先生のそんなエピソードを紹介しているからと言って、大家さんに無許可でのペットの飼育を勧めているつもりは鬼怒楯岩大吊橋ツキヌにはさらさらないが、逆に言うと、そうまでして飼育する面構えのない猫の、繁殖の芽を摘むことは、犬走キャットウォーク先生の目的に完全に反するはずである。そもそも飼い主の道徳的な義務ではあるものの、身体にメスを入れる以上、去勢手術だって避妊手術だってノーリスクではないのだ。生態もよくわからない面構えのない猫に手術を施して、最悪のケースを迎えてしまったらどうする？　猫のお迎えとはそういう意味ではないはずだ。ごちゃごちゃ言ったが、つまり結論はひとつ。この断種手術は、犬走キャットウォーク先生が病院からの帰り道で面構えのない猫を保護する以前に施されたものである。しかし犬走キャットウォーク先生でなくとも、誰だって、たとえ鬼怒楯岩大吊橋ツキヌだって、面構えのない猫に、断種手術みたいな常識的な措置を施そうとは思うまい。万物の霊長を自称するほどに人類は思いあがった存在ではあるけれど、ロンサム・ジョージの例をあげるまでもなく、さすがに最後の一匹かもしれない生物を傷つけないくらいの倫理観はある。絶滅させられた蠅の例もあるが、彼らとて最後の一匹と特定できる個体があれば、遺伝子を改良されることなく保護されたに違いない。天然痘のウイルスとて、どこかに保存されていると聞く。

極めて論理的かつ当てずっぽうなこれら一連の仮説から導かれる結論は、面構えのない猫は、かつては面構えのない猫ではなかったのではないか？　というものになる。つまり面構えのある、通常の猫だった頃がある。面構えがあることが普通でそうでないのが異常だとする考えかたは、遺伝子に優性とか劣性とか名付けた研究界なみに罪深いので一般的な猫と言い換えておきたいところだが、一般的と言うのも、何が一般的かを考えるとややこしい。一般的がよかったり悪かったりもするので。よって中央平均的猫としておこう。ちなみに優性と劣性は今では顕性と潜性と言い換えられている。面構えのない猫には中央平均的猫だった頃があって、しかもその頃、飼い猫か、あるいは地域猫だった。だからこそ断種手術が施されている。ところでさっきから気になっているのだが、面構えのない猫の性別を秘めようとするあまり、去勢手術とも避妊手術とも、睾丸摘出とも子宮摘出とも言えず、最終的にもっとも強烈と見える断種手術という言葉を使わざるを得ないのが痛し痒しだ。猫の繁栄に（または絶滅に）興味のない鬼怒楯岩大吊橋ツキヌなので、それらの手術に関する当てこすりのような意味はない。あえてきつめの言葉を選択する、いわゆるマイクロアグレッションではない。鬼怒楯岩大吊橋ツキヌは、控え目な性格であろうとは心掛けているが、言いたいときは言いたいことをちゃんと言う。もしかすると、殺虫剤を虫ケア商品と言うように、キツい部分を片仮名言葉で表現すれば軟らかになるのかもしれないが、そういう誤魔化しを好まないというのもあるし（虫ケア商品のありかたに関して問題提起しているわけではない。とてもお世話になっています）、断種を片仮名で何と言うのかを鬼怒楯岩大吊橋ツキヌは知らなかった。今言いたいのは断種手術の是非ではなく、面構えのない猫の過去である。犬走キャットウォーク先生が路上で拾ったことを思うと、地域猫だろうか？　断種手術を施された猫が、事故か何かで頭部を失い、彷徨っているところを保護された？　面構えがないゆえに首輪もマイクロチップも見受けられないから、住処から脱走した飼い猫が、クルマに撥ねられるなどで頭部を失ったという可能性も十分ある。イエネコにとって、車社会は決して生きやすい環境ではないのだ。まるで自分の見識のように語った鬼怒楯岩大吊橋ツキヌだが、もちろん、勤務開始前日に購入した本から仕入れた見識である。

生まれながらの面構えのない猫ではなく、後天的な面構えのなさだとすれば、話はなにか変わってくるだろうか？　変わってこない。変わっていくこともない。少なくとも鬼怒楯岩大吊橋ツキヌにとっては。そして犬走キャットウォーク先生にとっては、研究意義はむしろ増すくらいかもしれない。中央平均的な猫が面構えのない猫になるケースがあるのなら、中央平均的な人間が、面構えのない人間になれるルートも、あるいはあるかもしれないということになるのだから、脳外科医のメスはより一層光るだろう。手術室に入った経験のない鬼怒楯岩大吊橋ツキヌは、メスが光る素材なのかどうかは知らないが、そういうイメージはある。腕が鳴るようにメスは光るものだと。犬走キャットウォーク先生が面構えのない猫に対する興味を失わないのであれば、鬼怒楯岩大吊橋ツキヌも職を失わないのだから、むしろ願ったり叶ったりである。ただしそういったごく個人的な事情をさておいて、客観的な視点に立ってその情報を分析してみると（勤務中、暇な時間が多く、かつその時間に眠るわけにもいかないので）面白いことに気付く。面白いというと不謹慎かも知れないし、面構えのない猫は白いけれども面がない。また、こうして語ると鬼怒楯岩大吊橋ツキヌが、あたかも塔でも組上げるように次から次へと仮説を閃いているようだが、情報の分析は隙間時間に途切れ途切れおこなっていたことなので、そう言えばもしかしてと思ったのは、勤務が開始されてから一ヶ月以上が経過してからのことである。スクラップ・アンド・ビルドな積み重ねだ。これはポジティブな見方をすれば、ペットシッターという慣れない、そもそも向いてもいないと思っていた未知の仕事が、ひとまずは三十日以上続いたという実績が、鬼怒楯岩大吊橋ツキヌの心に余裕を生んだのだとも言えよう。そういう意味でも積み重ねである。鬼怒楯岩大吊橋ツキヌは心を信じていないし、面構えのない猫の存在を知ってからは脳の存在に対しても半信半疑ではあるものの、見守りカメラにもここまで来ると慣れてきて、ソファで寝転んだりはしないものの、適度な休憩の取りかたもわかってきた。完璧主義者なのか、犬走キャットウォーク先生はかなり死角が生じないように複数台のカメラを設置していたけれど、それでも、背中しか写らないようなポジションを見つけることができた。体勢を崩せなくとも表情を崩せる。面構えのない猫の面倒を見ながら得られる休憩としてはなんだか皮肉だが、そうやって弛緩している間に、ふいに閃いたのである。その閃きを語ることを先延ばしにしていると取られても仕方がない前置きを延々と続けているけれど、何も焦らそうと思っているわけではなく、奥歯にものが挟まったように言葉を濁しているのにはシンプルな理由がある。と言うのはどうしても下世話な話になってしまうからだ。下世話となるとまるで雇用主である犬走キャットウォーク先生と給与面の待遇で揉めたみたいな印象になることは否めぬが、前述の通り、そちらの方面では満足のいく額をいただいている。おそらくペットシッターの平均給与にかなり濃い色がつけられている。守秘義務分の上乗せということ以上に、実験の重要性も加味されているのだろう。そもそも給与面の待遇で揉めることは下世話な話ではない。お金の話をすることが下品だという思想を植え付けられるところからなんとかしなければ、この国の労働環境の根治は望めない。鬼怒楯岩大吊橋ツキヌはもう手遅れだが、下世話な話というのは文字通り下の世話の話であり、平たく言えば面構えのない猫の、トイレの始末のことである。そんな駄洒落のほうがよっぽど下世話だと思うと真摯な謝罪が不可避だが、謝ればいいというものではないし、ごめんで済んだら警察はいらない。厳密にはいらなくなるのは裁判所じゃないかとも、納得のいかない和解を経験した鬼怒楯岩大吊橋ツキヌは思わなくもないが、通例的には、ごめんで済んだら警察はいらない。

猫に限らず、糞尿の処理はまごうことなき飼い主の義務だ。人間の赤ちゃんを育てるときでさえ同じであろう。これを怠るようなオーナーは、命を保護しているとはとても言えまい。親とてそうだ。しかし、同じく猫に限らず、ペットを飼ったことのない鬼怒楯岩大吊橋ツキヌが職務を執行するにあたり、最初、もっとも懸念していたのが、この糞尿の処理に関してだった。自分にそんなことができるのか？　その後、もっとも大きな懸念点が世話をする猫に面構えがないことに移行したこともあるが、拍子抜けなほど簡単に、それについては慣れてしまった。習うより慣れろとはよく言ったものである。聞いてみて言って聞かせてやってみせ褒めてやらねば人は動かじとも言うが、これに関しては、教本が役に立った。勢いあまって、リアル書店で購入したあれらの本を徹夜で読んだ努力は全部無駄だったみたいなことを言ってしまったが、あれは言い過ぎだった。この件に関してもそうだし、この件以外でも、随所で役に立つ良本ばかりだった。さすが猫本ランキングの上位三傑だ。数字は嘘をつかない。数学が嘘をつくだけだ。語り部ほどではないが。ともかく、猫の糞尿の処理に関しては、マニュアル通りに進めれば何の問題も生じなかった。生じた問題に気付いていないだけかもしれないが、ＦＰＳゲームのような鬼怒楯岩大吊橋ツキヌの一人称視点においては、生じなかった。面構えのない猫は面構えがないゆえにトイレを失敗するんじゃないかと思い込んでいたが、これは無知ゆえの先入観だったことを、鬼怒楯岩大吊橋ツキヌは認めねばなるまい。それに、聞いてみて言って聞かせてやってみせ褒めてやらねば人は動かじがうろ覚えであることも、鬼怒楯岩大吊橋ツキヌは認めねばなるまい。前半が半分もあっている気がしない。ただまあ大事なのは後半のほうだろう。褒めてやらねば人は動かじ。それだけでもいいくらいの重みのある格言だ。むしろ現代では褒めてやりさえすれば、人は動くかもしれない。それほど褒められること、言うならば承認欲求に飢えた時代である。飢えたと言うか、承認欲求が満たされる甘みに気付いてしまったとも言える。砂糖がなかった頃は砂糖なしでも料理はできた、みたいな話だ。こじつけるなら、ある意味で、猫がトイレができるのなんて当たり前という捉え方もあるだろうが、そこもきちんと褒めてやるべきなのだ。面構えのない猫に関しては、視覚や嗅覚でトイレの位置を確認できるわけでもないはずなのだが、そこは例の、シュレディンガーの猫方式で、便意を催したらどこにいようと設置されたトイレに移動する術を心得ているようである。今の術はすべと読むが、じゅつと読んでもいいだろう。忍術や魔術と同様に。ちなみに犬走キャットウォーク先生のタワマンの一室には、一人暮らしの癖にトイレがふたつあり、そのうち一方を面構えのない猫に全面的に提供している。一人暮らしの癖にという言い方は一人暮らしを悪く言っているわけではなく、同じく一人暮らしである鬼怒楯岩大吊橋ツキヌからの一方的なやっかみであるが、しかしこの場合、トイレがふたつあることにやっかめばいいのか、人間用のトイレを明け渡されている面構えのない猫をやっかめばいいのか判断に迷うところだ。言うまでもなくトイレを明け渡されていると言っても、猫が人間用のトイレを使っている面白動画が撮影できるわけではなく、トイレの脇に、猫用のシステムトイレが設置されているという意味である。だったら別に設置するのはトイレ（人間用トイレ）内部でなくてもよいのでは？　と疑問を持たれるかもしれないけれど、ペットシッターから言わせてもらえれば、糞尿がすぐ処理できる、いわばディスポーザーが隣にあるようなものなので、非常に便利だ。扉を閉じておけば臭いの拡散も防げる。これは面構えのない猫の移動能力の前には扉など無力だからこそできる防臭術だし、そんなものがなくとも最近のトイレ砂は臭い防止に優れているのだが、少しでも、ほんの少しでも、仕事が減るのはいいことだ。喉元過ぎれば熱さを忘れると言うが、就職活動の労苦を忘れ、ＡＩに仕事を奪われようとしている現状、暢気なことを言っている鬼怒楯岩大吊橋ツキヌだった。そんな、少しでも楽をしたい鬼怒楯岩大吊橋ツキヌだからこそ、仕事の合間のリラックスタイムに閃いたとも言える。即ち、面構えのない猫のトイレの頻度、糞尿の分量、多くね？　と。

話は変わるが先程から使用している糞尿という言葉が鬼怒楯岩大吊橋ツキヌは密かに気になっている。真面目なテーマで進行していることを強調するために二字熟語の表現を選んだのだが、断種手術と同じく、どうもわざわざ感じの悪い言葉選びをしているような気色の悪い、少なくとも喜色満面にはなれない手応えが拭えない。しかしだとすればどうすればよいというのか？　汚い言葉を使うなというのはなるほど正論であり、悪口やけなし言葉を控えることで人間関係がよくなることも確かだけれど、猫だって人間だって、生きているだけで普通に汚れるし、体臭はあるし排泄だってする。これはどんな賢い生き物でも、どんな可愛い生き物でもそうだ。言いつくろっても始まらない。餌をフードと言い換えるようなレトリックも見当たらない。とは言え排泄物ないし老廃物に関して言えば、そこから病気が拡散してしまう恐れもあるわけで、ただ汚れているというのやルッキズムとわけが違うのも間違いなく、しかしだからと言って、ただ汚いと忌避していては、それもまた健康被害に繋がる。検尿や検便は健康診断の基本だ。ものの本にも書いてあった。猫ちゃんのトイレを始末することによって健康状態のチェックもできると。排泄物を悪のように言い募るのは、恥ずかしいからと学校ではトイレに行かない子供を育ててしまいかねない。まあそれこそ何らかの病原菌への感染が怖いから家以外ではトイレを使わないという層はいるし、逆に、家のトイレを汚したくないから公衆トイレしか使わないという層もいるのでその辺の価値観も実は一概には言えない。この件に関して鬼怒楯岩大吊橋ツキヌが言えるのは、自宅では便利だしとてもありがたい存在だが、外でウォシュレットを使うのはどうにも躊躇う派閥に自分は属しているということくらいか。衛生的に大丈夫なようになっているとは聞くけれど、我が目で確認したわけでもない。というわけで鬼怒楯岩大吊橋ツキヌが我が目で確認したのは面構えのない猫の糞尿であり、それが多いと感じたのだった。なにせこの一ヶ月、面構えのない猫への給餌はほとんど鬼怒楯岩大吊橋ツキヌがおこなっている。日中、時には深夜も勤務中の脳外科医は、餌やりのタイミングには関わっていないし、トイレの処理にもかかわっていない。これが育児だったらネグレクトだが、犬走キャットウォーク先生はそのためにペットシッターを雇っているのだから当然の経過だ。犬走キャットウォーク先生がこっそり、面構えのない猫におやつを与えているとは思えない。つまり、面構えのない猫の口に、もとい喉に、スポイトで流し込んでいるゲル状の栄養素を、あるいは点滴で流し込んでいる水分を、鬼怒楯岩大吊橋ツキヌは完全に把握している。しかし、日々排出される糞尿の量が、それを凌駕しているのである。量がと凌駕をかけてはいない。こういう偶然は起こりうるし、いちいち捕らわれていてはならない。身も蓋もない言い方をするなら、面構えのない猫の消化器官に、入れた量より出た量のほうが多いという怪現象が観測されたのだ。検便や検尿に基づく健康診断どころではない。どころではないという表現には、そのような基礎的な健康診断を軽んじる意図が含まれてはいないし、訂正すると逆にそれがよくない発言だったかのような誤解を与えてしまいかねないのでそのまま文章を続けるが、その観測結果は誰がどう見ても質量保存の法則に反している。誰がどう見てもかどうかは根拠のない発言だった。これくらい普通じゃない？大して変わらないんじゃない？　という意見も当然あるだろう。が、排出される量が少ないというのならまだわかる。便秘など、健康的にはよくないことが起きているかもしれないが、まだ起こりうることだ。だが増えるというのは、面構えのない猫の体内で錬金術でも使われていない限りはありえない。ちなみに錬金術と言うとオカルト扱いで不可能ごとの代名詞のように使われるけれど、金を錬るという目的そのものは達成できなくとも、そこから派生した様々な成果を思うと、まるっきり無為の学問ではない上に、科学的に金を生成すること自体は現代の科学をもってすれば不可能ではないそうだ。惜しいのはそれにかかる費用が金よりも高いということで、本末転倒という言葉がこうもしっくりくることは珍しい。ホムンクルスという言葉を長らくホルムンクスと勘違いしていた鬼怒楯岩大吊橋ツキヌではあるが、それはさておき、フラスコの中の小人がいるのであれば、猫の中の錬金術師がいても、不思議というほどのことでも本末転倒というほどのことでもないのかもしれないと、一時は自分を納得させようとした。第一、量が増えるだけなら錬金術とまでは言えない。極論、液体状態の水を沸騰させて気体にすれば、質量保存の法則に基づき重さは変わらなくとも、その体積は百倍やそこらではきかなくなるのだから。ちなみに液体状態の水を冷却して固体にしても、重さはそのままで、分量は増える。通常、固体にしたときには分量は減るものなのだが、水は例外である。猫で言えば面構えのない猫くらいの例外なのだが、何分メジャーな物質のため、話がややこしくなる。地表の七割は海なのだから。地球温暖化で極地の氷が溶けたら海面は低下するんじゃないかという仮説すら想定できるわけだ。何が言いたいかというと面構えのない猫の糞尿の分量または回数が増大しているように感じるのは、単純に見えかたの問題じゃないのかということだったが、これが鬼怒楯岩大吊橋ツキヌの欺瞞であることは明白だった。特に本人にとっては明白だった。現実から目を逸らそうとしていることを直視しなければならない。なぜなら鬼怒楯岩大吊橋ツキヌは、面構えのない猫の糞尿をただ観察しているだけではなく、ペットシッターとして、その始末まで滞りなく担当しているのである。つまり直接ではないにせよ、間接的にその重量も知っている。錬金術師ではないが、王冠の重さを水につけることで計測したアルキメデスのように。ユーレカと叫びこそしなかったが。原典を知らないのでこの疑問がどれほど的外れなのかはわからないけれど、王冠に使われている金属が金なのかそれ以外の混ぜ物なのかを知るために水に浸けてこぼれた水の量で判断するというのは、果たして適切な実験なのだろうか？　水に浮きでもしない限り、こぼれるのは王冠の重さにかかわらず、体積分だけという気がする。人間がお風呂に入ったときにこぼれる水の量は、体重ではなく体積によるように。まあたぶん鬼怒楯岩大吊橋ツキヌが、その逸話の細かい部分を間違って覚えているのだろうが、ネットで検索しようと思うほどの興味がわかない。デマゴギーとはこのように拡散していくのかもしれない。だが、鬼怒楯岩大吊橋ツキヌには、今は考えることが他にあるのだから仕方あるまい。面構えのない猫のトイレの謎について思索を巡らせなければ。張り巡らさなければ。

　気のせいで片付けてもいいのかもしれない。便秘ではないし、また逆に下痢というわけでもないのだから。むろん鬼怒楯岩大吊橋ツキヌはペットシッターであって獣医ではない。その点では犬走キャットウォーク先生と同じだ。猫の病気が便秘と下痢だけだとは限らないのだから、そんな判断材料で安心するのは生兵法ですらない。とは言え頭部がないのに生きていること自体が異様なのだ、糞尿の量が増えることもあってもおかしくはない。おかしくはないことはないが、面構えのない猫の存在ほどではなかろう。そもそも、仮に何らかの病だとして、ならばどうすればよいのか？　それこそ獣医に連れて行けというのは非の打ちどころのない正論であるようでいて、しかし犬走キャットウォーク先生と専属契約を結んでいる鬼怒楯岩大吊橋ツキヌには取り得ない選択肢だ。犬走キャットウォーク先生に報告したところで、消化器系はおそらく脳外科医にとって専門外である。それもなんだか皮肉な話だ。脳外科医ゆえに面構えのない猫を実験動物として飼育しているというのに、その面構えのない猫には、犬走キャットウォーク先生の専門分野だけがないのだから。脳がなくても生活反応があるメカニズムを解明したいのであって、消化器系の謎を解明したいわけではあるまい。鬼怒楯岩大吊橋ツキヌの専権事項である給餌と違って、タイミングの読めないトイレの始末に関しては犬走キャットウォーク先生も多少は手がけているわけだが、今のところ、脳外科医はそこに異常は見出していないようだ。もしかするとあのペットシッターは実験動物を甘やかして大量の餌をあげている、と思っているかもしれないが。ただ、家主が始末しているトイレの量まで加味して考えれば、やはり面構えのない猫の消化器系には、とても気のせいと無視はできない、何らかの異常があると考えざるを得ない。

実を言うと危うい実験もした。非常に大きなリスクを冒した。研究者でも医者でもない、ペットシッターなのに、実験動物で実験をした。実験をしただと強烈な印象を残してしまうので、実験的な試みをしたと、表現を和らげておこうか。ともあれ、鬼怒楯岩大吊橋ツキヌは、丸一日、勤務中、面構えのない猫に、フードを与えないという職務放棄をしてみた。むろん、見守りカメラにはバレないようにだ。脱水症状をおこさないよう、スポイトと点滴で水分のみを与えた。リスクがないとは言わないが、しかしモグラじゃないのだから、一日程度の絶食で、猫は餓死したりはしない。検査や手術をする前日に絶食をおこなうのは人間だけではないのだから、そこは保証できる。猫という生き物のことを好きでも嫌いでもない鬼怒楯岩大吊橋ツキヌは、命を脅かすつもりはないのだ。金の卵を産む鶏を引き裂くほど愚かではない、というと守銭奴のようだが、いくらなんでも糞尿が増えるシステムを知るために収入を失いたくはなかった。その実験、もとい実験的な試みの結果は目覚ましかった、というと嘘になる。予想した通りの結果だったから。喉から流し込むフードの量をゼロにしたところで、糞の量や回数はゼロにはならなかった。鬼怒楯岩大吊橋ツキヌが減らした分は確かに減ったが、それだけだった。まさに錬金術という感じで、そういう言い方が許されるのであれば、無から有が生まれていた。付け加えると、かかすことなく与えていた水分に関しては、普段と変わらなかった。つまり、普通に量が増大していた。水を無限に増量できるシステムが面構えのない猫の中にあるのだったら、世界から水不足や干魃問題が消えるが、猫のオシッコで解決する環境問題とは恐れ入った。いや、そう言えば上質なワインの表現に、猫のオシッコのようなという形容があるのだっけ？　鬼怒楯岩大吊橋ツキヌ個人としてはセンスを疑うが、しかしことが食文化にかかわることだけに、センスと言うよりセンシティヴであり、口出ししにくい。ワインだけに呑み込むしかなかろう。

そんなわけで実験は成功した。大成功と言ってもよかろう。ノーベル賞ものの実験結果だ。ノーベル何賞になるのかは不明だが。ノーベル賞に数学賞がないのはアルフレッド・ノーベルが特定の数学者と恋敵の間柄だったからだとされているが、ノーベルニャンコ賞がないのは、アルフレッド・ノーベルが猫嫌いだったからだろうか？　まあ、仮にノーベルニャンコ賞があったとしたら、面構えのない猫を飼育している時点で受賞できそうだが。いや、授賞式にのこのこ行ったら普通に動物虐待で逮捕されるか？　逮捕したお手柄で、誰かが受賞するか？　そのリスクを思うと、この実験結果は返す返すも学会で発表はできない。どころか、下手にそんな実験を、大した考えもなくおこなってしまったがために、雇い主への報告も、鬼怒楯岩大吊橋ツキヌにはできなくなってしまった。あなたが飼育している実験動物でちょっとした実験を無許可でおこなったら驚きの情報が判明したんですよとは、とても日誌につけられない。驚きなのはまずその記述のほうである。鬼怒楯岩大吊橋ツキヌは職を失うだろうし、間違いなくまたも裁判沙汰だ。今度は和解できないかもしれない。ふとした疑問に確信を得るための実験的な試みだったけれど、うまく行き過ぎてしまったがために、大きな秘密を抱え込むことになってしまった。なんてことだ。

無知が罪だとしたら、知り過ぎることは大罪だった。お陰で慣れてきたはずのペットシッターという職務が非常に辛いものへと変貌を遂げてしまった。好きなことを仕事にすると大変だとはよく言われたたし、実感もしたけれど、しかしそれでも嫌いなことを仕事にするよりはマシだろう。猫という生き物のことが好きでも嫌いでもないからこそフラットに臨めたはずの仕事に対するモチベーションが、ここに来て乱高下である。モチベーションが上がる機会は最初からなかったのだから下振れと言うべきか。やらかしてしまった不祥事でいつ馘首されるかわからないという状況が終わることとなく淡々と続くことで、鬼怒楯岩大吊橋ツキヌの胃に穴が空きそうだ。消化器官。終わることなくと言うか、いつ終わってもおかしくないのだが……、実験動物で勝手に実験をおこなったことだけならまだしも、報告を雇い主にあげず、隠蔽をし続けていることで、鬼怒楯岩大吊橋ツキヌは日々、職務規程違反を犯し続けているのである。裁判に負けるための要素をせっせと積み上げているようなものだった。だったらさっさと白状して楽になってしまえと自分でも思うが、鬼怒楯岩大吊橋ツキヌは猫ではないのだから、そう簡単にゲロることはできない。白状することをゲロるというのは正直どうかと思う。何らかの法律をどうあれ破ったことを取調室で自白した際、陰で刑事さん達に鬼怒楯岩大吊橋ツキヌはゲロったなどと言われると思うと、口をつぐみたくなってしまう。お通じと同じで、猫ほどではないにせよ、嘔吐も生理現象なのだから心配されこそすれ、下世話なことでも恥ずかしいことでもないはずなのに、このイメージの悪さはなんなのだろう。嘔吐することはイコールで犯罪者扱いという図式ができあがってしまっているじゃないか。とは言え同じように使われる業界用語のウタうとかウタったとかは、別に本筋のイメージを悪くしてはいないので、これは難癖である可能性が高い。結局のところ、勇気がないので鬼怒楯岩大吊橋ツキヌは、犬走キャットウォーク先生に己の罪状を伝えることができないのだ。もしかすると面構えのない猫のトイレ事情は脳外科医にとっても、非常に意味のある情報かもしれないのに、鬼怒楯岩大吊橋ツキヌの極めて個人的な保身で、世紀の大発見が遅れている。学会とて、報告を受ければ意外とないがしろにはしないかもしれないのに。まあ面構えのない猫の排泄の量が食べた量より多いなんて発見が、世間を席巻するとは思えぬが。世間を席巻はわざと言った。そういうこともある。ストレス軽減のためだ。いっそ犬走キャットウォーク先生がご自身でも、遅まきながら自発的に気付いてくれればそれに越したことはないのだが、残念ながら本業が忙しいのか、その気配はない。実験動物の飼育だって本業だろうに。あるいは違和感を覚えてはいても、面構えのない猫の健康管理の分野に関しては、ペットシッターに完全に一任しているということなのかもしれない。意見はあれど、任せた仕事に口出しはしないというスタンスか。そこまで全幅の信頼を与えられるほどの働きぶりを見せた覚えはないし、だとしたら身に余る光栄ではあるけれど、今となってはその信頼が重いとしか言いようがない。信頼が重ければ重いほど、厚ければ厚いほど、それを裏切って勝手な実験をし、勝手な結果を出してしまったという罪悪感が生じる。さながら錬金術のようにと言えばうまいこと言い過ぎのようでいて、これはただの事実だった。

　客観的な視点に立って言えば、つまり他人事のように言えば、そして感情のない機械のように言えば（感情のある機械の存在を主張しているわけではない）、シンプルに面構えのない猫に丸一日絶食させたことは伏せて、トイレの怪だけを犬走キャットウォーク先生に報告すれば、鬼怒楯岩大吊橋ツキヌはそれでよかったのだ。そもそも時系列的に、その疑問点に気付いたのは無許可で実験をおこなうよりも先だったのだから、それでエピソードに矛盾が生じる展開はない。あくまでも絶食実験は、異常事態を確認する手段でしかなかったことを鬼怒楯岩大吊橋ツキヌは失念していた。まあよくあることだし、これはもしかすると、コントラフリーローディング効果の類例と言えるかもしれない。つまり、自分のおこなった行為、要するに自分の働きが、結果に影響を及ぼしたと勘違いしてしまう心理の動きである。わかりやすい例を挙げると、雨男とか雨女とか、そういう架空の存在がそうである。架空の存在、もっと言えば、妄想の産物。今時性別を明示している古臭い概念で、現代的には雨人と言うべきだろうが、そうでなくとも死語になっていいほど、ありえない概念である。様々な可能性を検討することに余念のない鬼怒楯岩大吊橋ツキヌだが、これはありえないと断定していい。特定の人間が出掛けたり、スケジュールを組んだりするという極めて個人的な行動が、地球規模の天気に影響を与えるとした恐るべき思い込みであり、もちろん特定の人間が、出掛けなくてもスケジュールを組まなくとも、雨は降っていただろう。そうに決まっている。言うまでもなく雨男雨女の概念を本気で信じている人に対する悪口ではない。そういうことを言って面白がっているところに水を差したいわけではない、雨だからと言って。ただ、あえて踏み込んで、雨男雨女、今風に言う雨人は、予定を決める際に、天気予報を参照しない傾向にあるかもしれないくらいのことは言っておこう。雨が降りそうならばスケジュールを変える臨機応変さが、晴れ男や晴れ女にはあるのだろう。とは言え自分の行動が大勢に影響を与えるはずがないとあまり縮こまるのも問題である。バタフライエフェクトという言葉もある。蝶が羽ばたけば地球の裏側で竜巻が起こることもある。風が吹けば桶屋が儲かるとも言うが、これも現代的にはいかがなものかと思われる表現である。風が吹けば砂埃が舞って、目に砂が入って失明する人が増え、三味線を弾くようになるから猫が捕られて、その分ねずみが増殖するから、囓られた分だけ桶が売れる。失明した人が三味線を弾くという論調に一定の説明書きが必要になるのは言うまでもないが、その三味線を大量生産するために猫が捕られるという部分も、およそ現代人に受け入れられる価値観ではなかろう。それとも鬼怒楯岩大吊橋ツキヌが知らないだけで、今でも三味線は猫の皮を使って作られているのだろうか？　いずれにせよ、風が吹くと桶屋が儲かるの間の、省略された飛躍した論理に複数の問題を抱えている割に、この諺が規制される気配がない。規制は目立つところからおこなわれるという話を、鬼怒楯岩大吊橋ツキヌがしたかったわけではないけれど、そういうこともあるだろう。一罰百戒だ。ともかく、風が吹けば竜巻が起こるということはないよう（それはあるか）、鬼怒楯岩大吊橋ツキヌが思いつきみたいな実験をしたからこそ、面構えのない猫の消化器官に異常が生じたわけではない。それはあたかも、癌が発覚したときに、こんなことになるのなら検診なんて受けなければよかったと言っているようなものである。検診を受けたから癌になったわけではないというのに。

しかしながら一説によると、鬼怒楯岩大吊橋ツキヌの責任を問う声があがっても不思議ではない。別に自然に声があがるほどの有名人では、鬼怒楯岩大吊橋ツキヌはないけれど、無許可の実験のことはさておいて、管理責任を問われる恐れがないわけではない。お前の育て方が悪かったから面構えのない猫の消化器官に不思議な現象が起きているのだという譴責があったとすれば、それは一概に否定しづらい性格を備えているとしか言いようがない。子供が犯罪者になったとき、親や教師が責任を問われるようなもので、理不尽と言えば理不尽なのだが、しかしまったく無関係かと言われると、そこまで否定するのもまた理不尽だ。たとえば愛情深い飼い主ならば、飼い猫が病気になったとき、特に不備なく、ホスピタリティあふれる飼育をしていたとしても、自分のせいなんじゃないか、何か見落としがあったんじゃないか、なかったとしても、もっと何かできたんじゃないかと、そんな自責の念にかられるだろう。もっと何かできたんじゃないかという気持ちが、まさにコントラフリーローディング効果の象徴なのだけれど、その自責を他責に置き換えられると尚更厄介だ。ペットシッターでありながら面構えのない猫の異常に気付かなかったのかと、本当は気付いていたのに叱られる線はある。犬走キャットウォーク先生はそんな声を荒らげるような脳外科医ではないけれど、人の本性なんてわからないものである。特に、追い詰められてみないとわからないものである。穿った見方をすれば、面構えのない猫に何らかの異常が生じたときに責任をなすりつけられるスケープゴートとして、素人のペットシッターを雇ったという、新たな可能性さえ浮上する。考え過ぎのようだし、まあ考え過ぎなのだろうが、知能犯は大抵の場合、いざというときのための影武者と言うか、替え玉を用意しているものだと聞く。誰に聞いたのかもわからないいい加減な情報だが。誰かの影武者から聞いたのかもしれない。しかし不思議なものだ。否、不思議というならこの件に関してはすべてが不思議なので、ある特定の事項についてとりたてて語るべきではないのだけれど、こうして鬼怒楯岩大吊橋ツキヌが捕らわれている糞尿の量が給餌している量よりも明らかに多いという怪異現象は、なるほど奇妙ではあるけれど、しかし面構えのない猫に面構えがないことや、面構えがないがゆえに、壁やケージが意味を持たず、どの部屋にも（密室であっても）出入り可能であるという特性に比べれば、やっぱり常識の範囲内であり、大事の前の小事であり、不思議でも何でもないような気さえするほどである。相対的には謎ではない。にもかかわらず、鬼怒楯岩大吊橋ツキヌは、それらの生態にはすっかり慣れてしまっているのに、面構えのない猫のトイレ事情についてのみ、あーだこーだうだうだと、頭を悩ましているのである。それがどうしても受け入れがたい、物理法則に反した出来事であるかのように。実際物理法則に反してはいるのだけれど、反しかたで言うならば、瞬間移動やトンネル効果めいたシュレディンガーの猫現象のほうがよっぽど反している。返す返すも、自分でした発見、己の才覚での気付きというのは、価値を持ってしまうものらしい。人から薦められて読んだ本よりも自分で見つけた本のほうが面白いと思うようなものか？　つまりそれが、アルゴリズムによって表示される『この本を読んだ人はこういう本も読んでいます』と、リアル書店で偶然出会った（ようなふりをして、意図的に配置された）本の違いなのかもしれない。知らず知らずのうちに自分で見出したような気持ちになってしまうのだろう。誰だって名伯楽の気持ちを味わいたくなるものだ。鬼怒楯岩大吊橋ツキヌには、今のところそういう対象はいないのだけれど、昨今よく言われる推しというのも、あるいはそういう分析が可能かもしれない。熱烈な野球ファンやサッカーのサポーターは自分の応援があったから、または足りなかったからチームが勝ったり負けたりすると思うものだし、しかしながら、どれだけ大切な権利だと頭ではわかっていても、投じる一票はあくまでも一票でしかなかったりもする。デリケートなテーマなので最初から気をつけた言い回しをしたつもりだが、それでも念のため、民主主義を否定したわけではないと言い足しておこう。そして野球ファンやサッカーのサポーターを否定もしていない。また世界的にメジャーな競技であるからと言って野球やサッカーを特別扱いしたわけでもない。応援があってこそ選手がやる気になるのも確かだ。野次の意味はちょっとわからないけれど、注目度や期待が高いと、迂闊にサボれないというのもあるだろうと、鬼怒楯岩大吊橋ツキヌは意地悪く思いもする。これは実体験に基づいている。最初は嫌で嫌でしょうがなかったし、プライバシーの侵害だとさえ思ったが、職場中に設置された見守りカメラは、今となってはペットシッターにほどよい緊張をもたらしてくれる。単に慣れただけとも言えるし、こういうプライバシー感覚の麻痺が、ビッグブラザーの監視社会に繋がっていくことも頭では理解しているが、その頭が勝手に慣れてしまうのだから如何ともしがたい。人間は何にでも慣れてしまう。不景気や不安定や格差や逆境や敗北にすらも。

だからいっそのこと、現在かかえている懊悩にも、さっさと脳が慣れてくれればいいのにと、鬼怒楯岩大吊橋ツキヌは思う。あるいは勢いあまって、自分も脳なんてなくせればいいのにと、鬼怒楯岩大吊橋ツキヌは思う。自暴自棄になって言っているのではなく、面構えのない猫の生態を間近で見ていると、羨ましくもなるのだ。脳があるばかりに余計なことを考えたり、悩んだり、悲しくなったり、苦しくなったりするのであれば、面構えなどなくとも飄々と暮らしている面構えのない猫の、なんと自由なことか。少なくともルッキズムとは無縁である。人目など気にせず、憚らず、食べたいときに食べて、寝たいときに寝て、出したいときに出す。いやまあわかっている。重々承知している。面構えのない猫のそんな自由な生活は、飼い主がタワマン住まいの高給取りだから成立しているものであり（かつ、実験動物としての待遇であり）、初心者とは言え、鬼怒楯岩大吊橋ツキヌという至れり尽くせりのペットシッターに何くれとなくお世話をされてこそ成立しているものであると理解はしている。野生の世界に出れば面構えのない猫は、飢える前に、カラスに食われるか、クルマに轢かれるかのどちらかだ。それは通常の猫でも同じかもしれない。イエネコはイエでしか生きられない。猫にせよ犬にせよ、ペットにせよ、あるいは児童にせよ、自分が世話をしなければ死んでしまうという生き物を育てることは、SNSとは比べものにならない承認欲求を満たしてくれるという。ここに来てSNSの承認欲求を否定しているわけではないし、そもそも人間のすることなんて大体は承認欲求だし、鬼怒楯岩大吊橋ツキヌに言わせれば承認欲求なんて証人喚問に比べればぜんぜん普通のことだし、育児を放棄してゲームに熱中する親もいるのだから、これでは一般論以下だ。一般論が悪いとは言っていない。また、熱中させるゲームが悪いとも言っていない。中毒性の高さは嗜好性でもある。このストレス社会にゲームは必須だ。ストレス社会でなければゲームが不要と主張したいわけではなく、面構えのない猫にせよ、ストレスを感じないということは、ストレスを克服できず、ストレスに対応できないのと同義である。それでも、それをわかった上でも、自分も脳さえなければと鬼怒楯岩大吊橋ツキヌは感じざるを得ないし、そんな阿呆なことを感じているのもまた脳だと思うと、尚更、頭蓋骨の中から脳味噌を引きずり出したくなるのだった。

だって、人が壁にぶつかったり課題に直面したりすることで成長するのだという言説にしたって、どこかはぐらかされているようなものだと、鬼怒楯岩大吊橋ツキヌは知っているから。それを知っているのもやはり脳なので悩みはなくならないが、しかしなくならないと思っていた悩みの大抵が、放っておいたらなくなるものであることも認めないわけにはいかない。もちろんこの悩みを解決するために生成AIに相談を持ちかけるというのもひとつの手だ。チャットGPTならぬキャットGPT、もしくはニャットGPTと言ったところか。現代のAIはまだ完全に信頼できるAIではないとも言われるけれど、人間より信頼できればそれでいいわけだし。AIの情報は正しくないかもしれないが、人間の情報はもっと正しくないかもしれない。少なくとも意図をもって騙そうとしてくる分。ただ、AIも含めて誰にも相談せずに放っておくというのも確かに手なのである。人類が一丸となって立ち向かった新型の感染症のパンデミックが、なんだかよくわからないうちに、言うほどに総括されることもなく、流れみたいな感じで過去の出来事とされようとしているようなものだ。それだってわかっている、あんなこともあろうかとワクチンの開発を進めていた企業だったり、寝る間も惜しんで働いてくれた医療従事者だったりのれっきとした功績があってこそ、あの終わりのないトンネルみたいな自粛生活をおっかなびっくりくぐり抜けることができたのだと。しかしそれは逆に言うと、鬼怒楯岩大吊橋ツキヌの無力感にも繋がる。そりゃあ不要不急の外出を控えてはいたけれど、実感としては、頭を低くしているうちに台風が過ぎていったような感じである。それが大切だったことはわかっている。頭では。脳では。パンデミックに限らず、何事につけそうだ。前職で、裁判であれだけ戦う気満々で、人生をかけて勝利するつもりだったのに、気付けば裁判所の勧めにしたがって和解していた。いろいろ条件は付帯したが、しかし公平に言って、悪い条件ではなかった。だからありがたい話である。しかし同じように公平に言うなら、鬼怒楯岩大吊橋ツキヌにとっては、自分のトラブルを初めて会う知らない人達が、賢く解決してくれたようなものだ。そのための司法制度だし、そのために税金を払っていたのだから、やはりありがたく思っておくべきなのだけれど、自分のことを自分で解決できなかったという気持ちがどうしても残る。そういう気持ちが国民に生活保護の受給を躊躇わせるのだし、また自力救済を徹底することのほうが違法行為に繋がるケースもあるので発言に気をつけなければならないところではあるが、だったらそんなのは、面構えのない猫の生活と何も変わらないじゃないかと鬼怒楯岩大吊橋ツキヌは思考してしまうのだ。脳があるからその脳で。

だがこれは思考実験ではない。鬼怒楯岩大吊橋ツキヌが面構えのない猫におこなった他愛もない実験が、それでも現実におこなわれた実験であるように、悩みなんて放っておいたら時間が解決してくれるという投げやりな経験則は、このたびも実証された。不本意ながらと言うとまるで本意があったかのような思い上がった物言いになってしまうが、例の無力感を、鬼怒楯岩大吊橋ツキヌはまた味わうことになったのだ。とは言え、今回に限って言えば、鬼怒楯岩大吊橋ツキヌは、何もしなかったわけではない。確かにペットシッターとして、日々の報告を雇い主に怠り続けはしたけれど、しかし職務放棄まではしなかった。ここはとても大切である。胡散臭い結論にはなってしまうけれど、辛かろうと苦しかろうと、それでも鬼怒楯岩大吊橋ツキヌが真面目に働き続けたからこそ、鬼怒楯岩大吊橋ツキヌの悩みが解決したという見方をする者も、探せばひとりくらい、世の中にはいるかもしれないからだ。それでこそこの文章の意味がある。文章に意味がなければならないという考え方は文系の傲慢であり、意味のない文章にも価値はあることも付記しつつ、少なくとも世話をすべき動物に無許可で実験をおこなってしまったからと言って、鬼怒楯岩大吊橋ツキヌがやけになって己の仕事を投げ出していたら、結末はまったく違ったものになっていたに違いない。別に結末がまったく違ったものになっていても大局的にはどうということもないのだが、鬼怒楯岩大吊橋ツキヌのどうしようもなく存在する脳に、わずかなひっかかりが残ってしまっただろうことは間違いない。言うならば鬼怒楯岩大吊橋ツキヌは、ミスはしつつも真摯に働き続けたことで、ほんのちょっとだけ報われたのである。

しかしそんなことを言っていても仕方ないのでそろそろ締めに入ろう。締めに入るのはそんなことを言っていても仕方がないからではなくて想定されていた紙幅を使い切ってしまいそうだからではあるが、意外と早いものである。余計な横道になどほとんど逸れていないのに、首を傾げざるを得ない。ところで紙幅と言えば、電子書籍の売り上げが紙の書籍の売り上げを越えたことを思うと、この表現もいつか死語になってしまうのかもしれない。紙幅を使い切るというのは単に着る服がなくなるという意味になってしまうのかもしれない。あるいは肥やした私腹が失われるというような意味に。箪笥の肥やしとかけてうまいこと言えそうな気配もあるが、紙幅を使い切ってはそれも言えない今、どう言い換えればいい？　データを保存するためのクラウドが満杯になると言えばいいのか？　洛陽の紙価を高めることも難しくなってくる。それを言うなら、日本の文芸界では未だに文章の分量を原稿用紙で換算するという古風なしきたりが残存している。そうなると原稿用紙とＦＡＸだけは電子書籍やデータ入稿がどんなに普及してもなくならないのかもしれない。小学生の頃に読書感想文を書いたことのある者ならば、原稿用紙の枚数は改行の数で変わってしまうことをご存知だとは思うけれど、それは思うだけにとどめておこう。原稿用紙に万年筆で執筆する作家がたとえいなくなっても、このしきたりは残ることになるのだろうから。キロメートルと言ってくれたらわかりやすいのに、マイルがなくならないようなものか。ひょっとするとこれは小説界に限らず漫画の世界でも同じである可能性も考えられる。ほんの十五年前まではそうでもなかったけれど、いまや漫画内で漫画家が登場するとき、ほとんどのケースで、液タブを使用して執筆している姿が描写されているのだ。

万年筆と言うけれど、今はもう一万一年目なのかもしれない。だからこそ、原稿用紙派がいなくなればいなくなるほど、アナログな肉筆には一定以上の価値が生じる。肉筆という言葉から朱肉を連想したが、ハンコ社会からの脱却はもしかしたらありうるというところまで日本社会もきた。ならば作家や書家の落款印はどうなるのだろう？サインもＮＦＴで普及する時代だ、デジタル印鑑として残るのか。それはそれで味である。肉筆も朱肉も、猫の肉球みたいなものだとしたら。面構えがなくとも猫の振舞いを失わない面構えのない猫だけれど、肉球は猫が猫たらんための象徴的な要素のひとつなのであろう。人間と共生することを選択した（あるいは強制された）犬猫ではあるけれど、それで一族郎党の命脈は保ちつつ、不具合も生じている。断種手術の話ではなく、これは地球温暖化と道路に敷かれたアスファルトの話だ。元々人間よりも地面に近いところで、四つん這いで生活する犬猫なので、ただでさえアスファルトからの反射熱を食らうわけだが、肉球というむき出しのお肌で、そこに触れることになるのだからたまったものではない。本気で火傷をするという。散歩が必須な犬や地域猫は夏場、都会でそんなリスクに晒されることになる。男性の日傘がぼつぼつ認知されてきたように、犬猫の靴というのにも、そろそろ商機が発見されてもよかろう。

童話のごとく。あるいは蹄鉄のごとく。イエネコであり実験動物である面構えのない猫には関係のない話だが、しかしイエネコであろうと、夏場は一日中クーラーをつけっぱなしにできるようなご家庭でないと、オーナーになる資格を得られなかったりするとも聞く。電気代がこんなに上昇しているときに？　と思うだろうけれど、気温だって上昇している。特に猫は脱水症状に弱い動物である。なので愛猫家からすればむしろクーラーが発明されていてよかったと言いたいところだろうが、しかしクーラーを発明できるところまで人類の文化レベルが達してしまったがゆえの地球温暖化であるとも言えるので、なかなか結論はまとめられない。一冊のベストセラーが森林の伐採に繋がり、失った緑を取り戻そうと植樹をすれば、育てやすい杉が花粉症を生んだりする。今は花粉を飛ばさない杉が植樹されているそうだ。……それはいわゆる、鬼怒楯岩大吊橋ツキヌが知る杉なのか？　花粉症も困るが、なんだか不思議な植物が山林に蔓延っていくことにも困惑を隠しきれない。絶滅させられた蠅もそうだが、生態系を守るというのも、あくまで余裕のある範囲内でということだ。猫のクーラーのための電気代を払うために借金をするようになってはおしまいである。そして鬼怒楯岩大吊橋ツキヌの随筆がどのように終焉を迎えるかと言うと、面構えのない猫の世話で迎えるわけである。職掌の範囲内で完結する。それも、問題の根幹にして発端とも言えるトイレの処理においてだ。まあ猫に限らずペットの世話というのは言ってしまえば、その動物の糞尿の処理に終始するのが当たり前である。糞尿の処理に始まり糞尿の処理に終わる。初心者がそんな知ったようなことをのたまうと、ともするとこの文章が夏目漱石の手によるものではなく谷崎潤一郎のものだと誤読されてしまいかねないが、著述者は鬼怒楯岩大吊橋ツキヌである。その上で哲学めいたことを言うなら、給餌にしたって排泄のための準備みたいなものだ。

面構えのない猫が贅沢にも人間用のトイレをひとつ専用に貸し与えられている弊害と言うか、抜かりのない犬走キャットウォーク先生とてさすがに人間用のお手洗いに見守りカメラを設置することには抵抗があったようで、そのトイレには見守りカメラが設置されていない。猫用と決め、人が使うことはないのだから、理屈から言えば設置していても問題はないし、その件に関して鬼怒楯岩大吊橋ツキヌが犬走キャットウォーク先生の倫理観に対し不当な評価をするということもないのだけれど、しかしそれですべてが解決するのであれば、迷信はなくならない。朝のテレビ番組から占いコーナーはなくならない。いや、血液型占いはなくなったのだっけ？　まあほんの半世紀ほど前までは、煙草がここまで零落しようとは、誰も想像していなかっただろう。頑迷固陋で何も変わらないようでいて、長い目で見れば、意外と世の中は変動するのかもしれない。大陸プレートのように。かと言って、鬼怒楯岩大吊橋ツキヌは、朝のテレビ番組の占いコーナーを批判したわけではない。もしかすると鬼怒楯岩大吊橋ツキヌが、やけに何かを批判していると思われることを恐れているように思うかもしれないが、そう思ったのならばいい勘をしている。自分のことを人様に何か言えるほどの立場にないと思っているというのもあるが、もっと根本的に、何かを攻撃しているうちに、自分の好きなものまで攻撃する展開になるんじゃないかという恐怖が、鬼怒楯岩大吊橋ツキヌにはあるのだ。たとえば映画館での上映中、スマホを使う観客の態度を皆で批判していたら、いつの間にかポップコーンを食べる音も許せないという話になっていて、今更自分は映画を見ながらポップコーンを食べるのが大好きなのだとは言い出せなくなり、話を合わせにいってしまうみたいなことだ。嫌いなものに厳しい態度で接した結果好きなものまで許せなくなるこの現象にはどんな名前がついているのだろう？　あえてすごく迂遠な比喩で言っているけれど、案外こういう、そこまでのつもりで言ったんじゃなかったのにみたいなことで争いは起きるのだと鬼怒楯岩大吊橋ツキヌは考えている。なので、仮に犬走キャットウォーク先生がトイレに見守りカメラを仕掛けていたとしても、それは猫のためであると理解しただろうけれど、うっかり間違って、あるいは慌てて、鬼怒楯岩大吊橋ツキヌや他の来客がそちら側のトイレを使ってしまうリスクは確かにある。またそれは犬走キャットウォーク先生自身にも降りかかるリスクだろう。まあ直接理由を聞いたわけではないが、おそらくそんな理由で、面構えのない猫のトイレは見守られていない。糞尿の管理、健康状態のチェックはペットシッターである鬼怒楯岩大吊橋ツキヌに白紙委任されている。あれだけ分厚い契約書にサインしておきながら。仕掛けてくれていればこんなことにならなかったのかもしれないのにと、今日も今日とてお猫様のトイレの始末をしていると、ふと気付いたのだった。お猫様というのは犬公方の異名を取った江戸幕府五代目将軍徳川綱吉の、生類憐れみの令に基づいている。いや別にお犬様と呼べとは、かの法令にも書かれてはいないだろうが、蚊を殺してもいけなかったというのだから、現代の動物愛護法なんて猫のように可愛いものなのだろう。当時は大変だったに違いない、特に、きっといたであろう、犬という生き物のことを好きでも嫌いでもない民は大変だったに違いない。半面、案外、そんな悪法（人間にとっては）も、成立して公布されてしまえば当たり前に受け入れられていたのかもしれない。今だって、気付かないうちにとんでもない法律を、鬼怒楯岩大吊橋ツキヌは受け入れてしまっている恐れだってあるのだから。裁判の仕組みさえよくわからないまま和解したことがその証拠になる。

六法全書を暗記していない鬼怒楯岩大吊橋ツキヌが、では何に気付いたのかというと、面構えのない猫の糞尿の異常だ。見守りカメラがトイレに設置されていないことで、逆に脳外科医・犬走キャットウォーク先生の唯一の盲点となっている場所だからと言っても、己の罪と向き合うようでもう見たくないと適当に面構えのない猫の排泄物の処理を済ますことなく、健康状態のチェックは続けていたのだが、お上品にぼかさずに言えば、固形物の中に固形物を見つけた。お上品と馬鹿丁寧な言い方をしたのは、お上品な物言いをからかったわけではないし、馬鹿丁寧という言い方も、馬鹿丁寧な言い方を馬鹿にしたわけではない。液状だったり軟便だったりしたなら問題だが、固形なら何が問題なのだという話に、当然なるだろう。まさかオーストラリアに生息するウォンバットのように、四角形だったということでもあるまいに。そんな幻聴も聞こえてきたが、しかしだとすれば、目の前の糞も幻覚であってほしかった。いや、手短に言えば、それが幻覚でなかったからこそ、鬼怒楯岩大吊橋ツキヌは救われたというエンディングになるのだけれど、しかしその瞬間の感想としては、もうこれ以上の事件性は勘弁してほしいというものでしかなかった。なぜ次から次に自分が猫の排泄物から新発見をしなければならないのか。それはもちろんペットシッターだからであり、そこに理不尽な出来事は何ひとつ起きていないけれど、一方、こうして口で説明しているだけでは、固形物に固形物が含有されていたことに、何のどんな不思議があるのかが伝わりづらいだろう。さすがにそれを挿絵にするのは悪趣味過ぎるけれど、問題は面構えのない猫が排泄した固形物の中の固形物が、いわゆる排泄物ではなかったことである。排泄はされているのだが、糞尿ではない。つまり便の中に異物が含まれているのが、鬼怒楯岩大吊橋ツキヌの目によってはっきり観察されたのである。猫飼いに言わせれば、なんだそんなのはあるあるじゃないかということになるのだろう。これだから猫という生き物のことを好きでも嫌いでもないような社会不適合者はそんなありふれた生態をさも大発見のようにと、嘲笑を浴びるだろう。申し訳ない、猫好きのイメージが悪過ぎた。それだけ鬼怒楯岩大吊橋ツキヌが冷静さを失っていると暖かい目で見守っていただきたい。猫を見守るようにとは言わないが、ペットカメラの視線のように。確かにその現象自体は起こりうるものだ、普通ならば。尾籠な話、人間だって、食べたものが消化されきれずに、形を保ったままで排出されることはある。猫ならば更にそれが起こりやすいだろう、好奇心からなんでもかんでも口に入れることで。猫好きには我慢ならない諺ではあろうが、好奇心が猫を殺すとはよく言ったものだ。だが、それはスタンダードな猫においてであり、または、品種改良された猫でも起こりうるだろうが、それでも、面構えのない猫には起こりえない。第一に、面構えのない猫には、好奇心は人並みと言うか、猫並みにあるようだが、頭部がないのだ。口も舌も歯もないのに、なんでもかんでも口にできるはずがない。毛繕いさえしないのである。そして第二に、こちらがより決定的なのだが、ペットシッターである鬼怒楯岩大吊橋ツキヌが面構えのない猫に与えているフードは、水に溶かしたゲル状である。固形物を一切与えていないのに、消化しきれないもへったくれもなかろう。最初から消化されているようなものだ。こうなると鬼怒楯岩大吊橋ツキヌは驚愕を越えて震撼する。始末する糞尿の量が増えるというのは、異常事態ではあるけれど、しかし極論を言えば、鬼怒楯岩大吊橋ツキヌの仕事量が増えるというだけのことかもしれない。面構えのない猫は、質量保存の法則には反してはいつつも、出すべきものを出しているだけだ。けれど、面構えのない猫が、糞尿以外のものを排出するとなると、まるで無理問答ではないか。面構えのない猫を金の卵を産む鶏にたとえたことがあったけれど、それどころではない。なかんずく鬼怒楯岩大吊橋ツキヌが恐怖を覚えたのは、最初、固形物に含まれた固形物が、あろうことか銃弾に見えたからである。テレビドラマか何かで見た散弾銃の弾が、こんな感じではなかったか？　銃弾を排出する生き物だなんて、銃社会に対する皮肉なのか？　まあ、狩猟の際に用いられた弾丸が、食事中に肉から出てくるという話は聞いたことがある。ケーキに意図的に混ぜられた指輪のように、それも幸運の証になるとかなんとか。ならばこの面構えのない猫は、かつて散弾銃で撃たれたことがあるのか？　その際体内に残った弾丸が、巡り巡って排出されたのか？　いずれにせよ、銃弾を発見してしまったとなると、それは未知の生物の未知の生態を発見したのとは、事情がまるっきり変わってくる。おそらく刑法の話になってしまう。銃弾を見つけた際の、善良なる市民の正しい行動は何かを、鬼怒楯岩大吊橋ツキヌは六法全書を暗記していないから知らないけれど、しかし常識的に考えて、たとえば穴を掘っていたら不発弾を見つけたけれど別に気にしなくていいよねとはなるまい。工事中に遺跡を見つけたら作業を中断して、自費で掘り起こさねばならないという法律があることは既に述べたが、そこまではなくとも、銃弾を見過ごすことは違法だと思われる。待てよ、銃を所持することは違法だけれど、弾丸の所有は適法だという雑学も、古い本で読んだことがあるぞ？　日本について書かれた本だったかどうか怪しいし、またたとえそうだったとしても、その法律はもう改正されているかもしれないが。これも前述のように、絶対の存在のようでいて、意外ところころ変わっていたりもするのが法律だ。そうでないと困ることもあるので、朝令暮改を批判しているわけではない。朝三暮四は批判してもいいかもしれない。

既にほのめかしているように、面構えのない猫の排泄物に混ざっていた異物は、実際は銃弾ではなかったのだが、そう勘違いしたことで、鬼怒楯岩大吊橋ツキヌは行動を次に移したのだから、何が幸いするかわからない。勘違いから生まれる発明もある。錬金術のように。そうでなければ、今度こそ見なかったことにして、文字通り水に流してしまっていたかもしれないのだ。さすがの鬼怒楯岩大吊橋ツキヌも、銃弾を水洗トイレに流す気にはなれなかった。発見したその異物を、重要な犯罪の証拠品のように、ビニール手袋をはめた指で慎重に摘出する。冷静に考えれば警察署の鑑識係でもない鬼怒楯岩大吊橋ツキヌが、勝手に証拠品をパッキングするのはまずいのだが、さりとて、面構えのない猫の排出された糞尿ごと、警察に届けるのはいかがなものかと、本能的に考えてしまって、結果から見れば、それで正解だった。対象物を取り出して吟味したことで、それの小さくて丸っこい、見ようによっては黒光りしている物体が銃弾ではないことが判明したのだから。

それは豆だった。

無機物ではなく有機物である。なんだ豆かと肩透かしを食らったような気持ちになった鬼怒楯岩大吊橋ツキヌだが、安心するのはまだ早い。最初に銃弾だと思ってしまったがゆえの腰砕けだったけれど、たとえ豆でも十分に異様なのだから。十分、鳩が豆鉄砲を食らったような顔をしていい。なぜなら素人ペットシッターとして命をかけて誓えるが、鬼怒楯岩大吊橋ツキヌは面構えのない猫に、豆など食べさせてはいないのである。たまねぎを始めとして、猫には食べさせてはいけない食べ物が山のようにあり、豆も種類によってはその山の一角をなすのだけれど、面構えのない猫にはそもそも、固形物は食べさせられない。もしもどうしても面構えのない猫に豆を食べさせたくて仕方がないというのであれば、擂り粉木で潰して、ペースト状にして、スポイトで喉に流し込むしかないだろう。そんなことをした覚えはないし、万が一そんなフードの与え方をして、鬼怒楯岩大吊橋ツキヌがそれをうっかり忘れているだけだと仮定しても、そのペーストが面構えのない猫の胃の中で再形成されて排出されたのだという仮説は、あまりに常軌を逸している。昔から猫とタイムマシンは相性がいいと言われているが（夏への扉だったり、ドラえもんだったりのイメージだとは思うが）、身体の中の消化器官に時間を逆流させるシステムがあるなんて馬鹿げた仮説は寡聞にして聞いたことがない。逆流って、嘔吐じゃないのだから。それにそもそも、面構えのない猫は、一般的な猫のように嘔吐することはないのだ。最後の最後に懲りもせずに一般的な猫とそうでない猫を差別化しようとしたわけではないが。と、そこまで考えたところで、鬼怒楯岩大吊橋ツキヌは、常軌を逸しているとまでは言わないが、馬鹿げたという一点においては、タイムマシン仮説と同レベルの着想を得たのだった。

本人にしてみれば唐突な閃きのようでもあったが、ひとつ言っておくと、元々鬼怒楯岩大吊橋ツキヌがある雑学を知っていたことが、その着想の原点である。雑学やトリビアとは言うものの、無駄な知識なんてないという、これは証左かもしれないので明記しておく。ワインに対するソムリエの品評に、猫のオシッコのようなという形容があるという、まあ実生活にはおよそ役に立たないであろう、ワイン好きにとってさえ無益どころか迷惑とさえ思われる知識についてはどこかで記したが、それに類似する雑学として、猫の糞から作るコーヒーがあるというトリビアをご存知だろうか。厳密に言うと糞から作るわけではなく、糞に混じったコーヒー豆から作るのだ。ジャコウネコだったか、なんだったか、ともかく、猫が食べたコーヒーの実が、体内で熟成(?)され、消化し切れずに便に混じって排出される。そのコーヒー豆を集めて作るコーヒーが、いわゆるネコババコーヒーだ。正式名称は、コピ・ルアク。言っておくが高級品だ。高級品なら際物ではないという消費者指向の価値観に基づいた発言だったが、消費者指向が悪いはずもない。鬼怒楯岩大吊橋ツキヌには手の届かないコーヒーだけれど、もしかすると、猫の匂い袋、正式名称は肛門腺を通過することによる香り付けがされているとか、そういうことなのだろうか? 飲んだことはおろか見たこともないので想像するしかない。この知識自体がただの嘘という可能性も十分ある。たとえば濡れた猫を電子レンジに入れて乾かそうとしたら不幸な事故が起きてしまい、それが裁判沙汰になったというのは都市伝説だそうだ。ならばネコババコーヒーも、いかにもそれっぽい。が、ことの真偽は究極的には、鬼怒楯岩大吊橋ツキヌにとってこの際、どうでもよかった。面構えのない猫をデュラハンにたとえるくらいどうでもいい。鬼怒楯岩大吊橋ツキヌは何が本当で何が嘘なのかをあますところなく知りたい名探偵ではない。

面構えのない猫から排出された豆が、コーヒー豆かどうかはわからない。そもそも豆ではなく、有機物だとしても、何かの果実ということもあるだろう。確かなのは、その正体が何だとしても、鬼怒楯岩大吊橋ツキヌが喉から与えた植物ではないということだけだ。普通ならば、だったら結局、オーナーである犬走キャットウォーク先生が、鬼怒楯岩大吊橋ツキヌのあずかり知らないところでこっそりおやつをあげたんだろうと、雇い主の人間らしさに思いを馳せるのがペットシッターのあるべき姿かもしれないが、しかし鬼怒楯岩大吊橋ツキヌは初心者で素人なので、別のところに思いを馳せた。だって、喉から固形物を押し込むのは、極めて危険なのだから。それをせず、スポイトで給餌するように厳命した犬走キャットウォーク先生が、自らそんな危険行為をするわけがない。犬走キャットウォーク先生はドクターなのだ。ヒポクラテスの誓いに従って、命を危険には晒さない。だが、喉からではなく、口から与えるのならばどうだろう?

だから面構えのない猫にはその口がないのだろうと言われるに違いない。忘れたのかと。けれど、正しくは口がないのではなく、その口が、ここにはないと言うべきなのだ。ここにはない、この場にはない。だけど、ここではないどこかにはあるかもしれないじゃないか。首から上がなくても、平気で生きている猫がここにいる。ならば、首から下がなくても、平気で生きている猫が、どちらが上でどちらが下かはさておき、どこかにいたって不思議ではなかろう。もちろんはなはだ不思議だが、不思議だからなんだと言うのだ。理解できないことだらけの世の中ではあるけれど、想像できないことはない。イメージの力は無限大だ。そもそも鬼怒楯岩大吊橋ツキヌは、勤め始めて最初の頃に、面構えのない猫が断種手術を施されているのを知ったとき、この面構えのない猫の面構えのなさは生まれつきのものではなく、後天的なものであると予想したはずである。自動車にでも轢かれたのではないかと。そのときに、更に想像力の翼を広げるべきだった。交通事故でそうなったにせよ、または猫同士の喧嘩でそうなったにせよ、何らかの原因で首元が切断されたとして、しかし首から上がなくとも、面構えのない猫は生き続けた。犬走キャットウォーク先生に保護されてなければ長くはなかっただろうが、とにもかくにも死ぬことはなかった。そこまではよかったし、たぶん当たりだろう。だが、そのとき鬼怒楯岩大吊橋ツキヌは、切り離された頭部のほうは、当然、死んだものと考えていた。いのちはひとつであり、そのひとつが心臓のある胴体のほうに宿ったのであれば、脳のある頭部からは、それは失われたのだと、自然に考えた。しかし自然の法則は時に思いもよらぬ生物を産む。プラナリアが脳まで再生できることは有名だし、事実上複数の脳を持つタコのような生き物もいる。そして猫は人間と違っていにしえより、九つの命を持つと言われている。ならば胴体が生きていて、切り離された頭部も生きているということは、普通にありえるだろう。そしてその頭部には、猫耳もあれば猫目もあるし、猫鼻もあれば猫口もある。食べ物を見つければ食べたりもするだろう。胃がないのだから空腹を覚えることはない？ いやいや、空腹中枢があるのは脳である。ゆえにその生きている首、即ち生首は、なんでも口に入れかねない。コーヒー豆でも。

生首猫が食したそのコーヒー豆が、遠く空間を飛び越え、犬走キャットウォーク先生の住まうタワマンのトイレに、面構えのない猫の消化器官をトンネルのように通じて、出現したのだ。文字通りのお通じというわけか？ タイムマシンではなくワープ機能ということになる。どちらもありえないようなＳＦ用語であり、あえて違いを今風に言うならタイムマシンはタイパをよくするもの、ワープはコスパをよくするものなのだが、少なくとも鬼怒楯岩大吊橋ツキヌは、シュレディンガー現象で、面構えのない猫が住居中のあちこちに移動していることを心得ている。それに比べれば、口から食べたものがお尻から出るというごくありきたりな生理現象は、十分に受け入れられた。同時にこの説は、ここのところ抱えていた鬼怒楯岩大吊橋ツキヌの悩みも解決してくれた。そりゃあ面構えのない猫の糞尿の量が、鬼怒楯岩大吊橋ツキヌが与えたフードよりも増えるわけだ。鬼怒楯岩大吊橋ツキヌがスポイトで喉から流し込むゲル状のフードとは別に、地球のどこかで、あるいは火星かもしれないが、生首猫が食べた分や飲んだ分が、面構えのない猫の消化器官に次々とワープしてくるのだから。もっと早く気付いてもよかったくらいだったが、しかしながら、気付くのがもう少し遅かったら、危ないところだった。何度も言うよう、糞尿が増えるという自体は奇妙奇天烈な出来事でこそあれ、それだけのことでもある。しかしその現象が、フードの摂取し過ぎが原因であり、つまり過食に基づいているとなると、話は違ってくる。人間にもメタボリックシンドロームという、ちょっと無茶を言っているんじゃないかと言いたくなる数値の基準があるが、猫だって、太っていいことはない。犬走キャットウォーク先生にとって大切な実験動物である面構えのない猫が肥満化したとなると、もちろん、ペットシッターの責任が問われることになっていただろう。今のところ露骨にその兆候は見られないけれど、これからは面構えのない猫の体重、及び胴回りの変化をこまめに計測しなければなるまい。生首猫からワープしてくる栄養素を受け取り拒否する方法は思いつかないが、その分こちらのフードを減らしたり、運動をさせたり、対策は打てなくもない。毒性のある食べ物を口にされてしまったら、こちらからはお手上げだが。その点では、今回消化されることなく排出されたのが、コーヒー豆でまだよかった。これがたまねぎだったら、それはそれで鬼怒楯岩大吊橋ツキヌの責任問題になっただろう。食べ物ではなくプラスチック製のおもちゃという可能性だってあった。マイクロプラスチック問題に対する解決策のひとつとして普及している紙ストローに対して釈然としない気持ちを抱えている鬼怒楯岩大吊橋ツキヌだったが、せめてこれからはレジ袋の受け取りを、もっと積極的に辞退してもいいかもしれないと思った。ちなみに猫の飼育に関する指南書を購入する際にブックカバーを巻いたものだが、ああしてビニール袋の代わりに紙を消費する行為は倫理的に正しいのだろうか。紙価が高騰するか、それとも暴落するか、杞憂を抱かずにはいられない。

が、それは違うのかもしれない。いや、レジ袋や紙ストローに関してはこれからも活発な議論が必要だということは何も違わないけれど、たまたまこれまで、生首猫が、猫にとっての有害物質を食さなかったというのは、生首猫の存在ほどはありえなくはないけれど、それでも少し考えにくい。そもそも生首の状態で、つまり狩りも何もできないような、ころころ転がるしかないような状態で、日々の食事を続けられていることもありえないのだ。もっと言えば、生首猫が生きていることより、その状態で継続的に生き続けていることが、一番ありえない。面構えのない猫よりもよっぽど、カラスの餌だ。ならば結論はひとつ。面構えのない猫がここで犬走キャットウォーク先生に保護されているように、生首猫も、どこかで誰かに保護されているに決まっている。面構えのない猫が脳外科医の庇護下にある皮肉と対照的に考えるならば、消化器科医か？　胃も腸もないのに、この生首猫に食べさせたフードはどこに消えていくのだろうとか、この生首猫の嘔吐物はどこから現れているのだろうとか、そんな風に頭を悩ましている消化器科医か、あるいはその消化器科医に雇われたペットシッターは、首を傾げているのかもしれない。だからこそそのコーヒー豆なのだ。これまで無限に立ててきた様々な仮説の中でも、ひときわ素っ頓狂な仮説ではあるが、最後となるので聞いてほしい。生首猫側からの、コーヒー豆はある種の（コーヒー豆を種に見立てて言っているのではない）メッセージなのではないか。食べさせた覚えのないコーヒー豆が排泄物から出てくれれば、当然胴体側の猫を世話するペットシッターは（こちらが向こうを想定できたのと同じ理由で、向こうも面構えのない猫が何者かの庇護下にあることは容易に想像できよう）それに気付き、意図を汲んでくれるだろうというメッセージだ。瓶詰めの手紙の猫版とも言えよう。コーヒー豆というまあ無害な、しかしコピ・ルアクを知っている者からすれば、何らかの作為を感じざるを得ない食物を食べさせるというのは見上げた作戦である。こちらから返信することができないのが難だが。いや、向こう側は、返信など期待しておるまい。SNSの息苦しいやりとりを、猫を通じておこなおうというわけではないのだ。SNS上の息苦しいやりとりを否定しているわけでは断じてないが、向こうの消化器科医（か、消化器科医に雇われたペットシッターか、あるいはそれ以外の何者か。同居家族とか）が教えてくれたのは、食べさせ過ぎにご用心という但し書きである。空腹中枢に基づきこちらでも給餌をおこなわざるを得ないから、様子を見ながらお願いしますと、コーヒー豆から推察するのが妥当である。ありがたい。鬼怒楯岩大吊橋ツキヌは、これで職を失わずに済んだし、食も失わずに済んだ。このお礼を伝える手段がないことがもどかしい。いや、返信を求められていなくとも、メッセージに応える方法はある。面構えのない猫の体重・体型の管理をこちら側できちんとおこなえば、それがあちら側にも、健康優良という形で伝わるはずである。頭部が肥えるというのはよっぽどの事態でもあるが、そうでなくとも、毛の艶やら何やらの形で、こちら側のオーナー（実際にはペットシッター）が滞りなく職務を執行している様子が、きちんとあちら側に伝達されるはずである。生首猫のオーナーがどういう人間かはわからないが、少なくとも、頭が回ることは確かである。転がる猫の頭を拾うだけのことはある。オズマ問題すらきっと解決できることだろう。少なくとも、地球の裏側にいるかもしれない鬼怒楯岩大吊橋ツキヌの悩みを、こうしてすっきりと解決してくれた。猫という生き物のことを好きでも嫌いでもなかった鬼怒楯岩大吊橋ツキヌだが、どこかから高級品のコーヒー豆を届けてくれたオーナーのことは、少し好きになった。その人も猫という生き物のことを、好きでも嫌いでもなければいいのに。

そんなこんなで鬼怒楯岩大吊橋ツキヌの面構えのない猫についての随筆は、このセンテンスを含めてあとふた段落で完結する。最近では連載漫画等で、このように最終回までのカウントダウンをおこなうことが増えたように感じる。いきなり終わると驚くからだろうか、それともクライマックスに向けて盛り上げるためだろうか。確かに、ロスにならないために心の準備は必要かもしれないし、スタンディングオベーションをするタイミングを逸するというのも歓迎されない話だ。と言っても、鬼怒楯岩大吊橋ツキヌはこれで社会的な役割を終えて死ぬわけでもないし、ペットシッターの任務を完了したわけでもない。むしろ鬼怒楯岩大吊橋ツキヌの仕事はこれからだ。その言い方もどこか最終回っぽいが、それでも、終わりというのは難しい。たとえ首を切り離されたとしても生き続ける猫もいるように、人間だって死んだところで、周囲の人々の心の中で生き続けたり、財産の相続だったり、ゴミ屋敷を遺したり、禍根を残したりもする。死んで終われるなら、どれほど救いのあることか。それを思うと、クビにならずに働き続けられることは幸福なのかもしれない。クビにされたところで、やっぱり鬼怒楯岩大吊橋ツキヌは、どこかで生き続けるしかないのだが、とりあえずそれは今ではなさそうだ。この随筆のように道に迷い続けるのだとしてもまたよし。それが鬼怒楯岩大吊橋ツキヌの限界であっても、しかし、鬼怒楯岩大吊橋ツキヌの行き止まりではない。土台、随意に筆を走らせるからこその随筆である。しかしそんな道程に一区切りをつけるにあたって、どのようなマイルストーンを置けばよいかというのは、鬼怒楯岩大吊橋ツキヌにとっては新たなる悩みどころだ。できればお洒落に職務中の休憩時間に、コーヒーを飲んでいるシーンで締めたいところだけれど、そのコーヒーがコピ・ルアクだと誤解される可能性を想定すると、そういうわけにもいくまい。レアな高級品を否定するつもりはない。子供の頃、アフリカのお土産でもらった、象の糞から作ったノートを、鬼怒楯岩大吊橋ツキヌは愛用したこともある。しかし、なんでもかんでも口に入れるのはよくないと心得るべきペットシッターとしては、どこかから送られてきたコーヒー豆を煎ることはさすがにできない。そもそもコピ・ルアクを生産するジャコウネコは、我々が言うところのイエネコとは分類を異にする。まあ、失敗から学び、ここぞとばかりに自由に想像の翼を巡らせるならば、鬼怒楯岩大吊橋ツキヌが世話をする面構えのない猫と、どこかで暮らす生首猫とがお見合いするシーンで幕を引きたいところだ。縫合できるものなのかどうかはわからないし、一度分かれた命がひとつになるものなのかどうかも疑問だが、なんだかハッピーエンドっぽいから。でもそんな奇跡はどうせ起きないのだろう。生首猫は、こちらの面構えのない猫のように、あるいはコーヒー豆のように、瞬間移動ができるわけではないのだから。そんな風に鬼怒楯岩大吊橋ツキヌは、堂々完結のラストシーンを思い描いていたわけではなかったけれど、しかし考えてみれば、鬼怒楯岩大吊橋ツキヌがペットシッターをすることになったこと自体が、複雑な事情に基づく、奇跡みたいなものだったのだ。ならば随筆の終わりに奇跡が用意されていてもおかしくない。否、用意されていないほうがおかしいくらいだった。ただし、もちろん複雑な。

ある日、勤務を終えて帰宅してきた脳外科医・犬走キャットウォーク先生が、いつもとは違う荷物をぶら下げていた。それは猫を旅行だったり獣医だったりに連れて行くときに使用されるキャリーケースだった。まさかと思ったら、犬走キャットウォーク先生は、申し訳ないが今日からあなたの給料を二倍にさせていただきたいと言ってきた。それのどこが申し訳ない話なのだと鬼怒楯岩大吊橋ツキヌが飛び上がりそうになっていると、脳外科医からの告知は続く。帰り道にまた猫を拾ったので、明日からはこっちの面倒も見てほしいと、犬走キャットウォーク先生は言うのだった。むろん、この脳外科医が、可哀想な捨て猫を拾ってくる生まれついての猫の里親でないことは、もう短い付き合いでもないのだ、わかっている。どういった経緯があるのかはわからないが、どこかから生首猫を拾ってきたに違いないと、鬼怒楯岩大吊橋ツキヌが念願でも叶ったがごとくふたつ返事で承諾したら、安心したように犬走キャットウォーク先生は、床に置いたキャリーケースを開けた。脳外科医が脳の側を拾ってきたにしては、いまいちはしゃいでいないと思ったが、転がり出てきた猫の姿を見て、納得いった。出てきたのは、ここで飼育されているのと同じく、面構えのない猫だったのだから。三毛猫だった。今時三毛猫は珍しいとも言われるが、おそらくそれよりも面構えのない猫のほうが珍しかろう。頭部がないから転がりやすかったようだが、あっという間に、室内の奥の方へ走っていった。先住の面構えのない猫と違って、かなりのおてんばらしい。あれは手が焼けそうだ。アスファルトを歩む肉球のように。雇い主が申し訳ないと言うはずである。が、見かけたら拾ってこないわけにはいかないだろう。実験動物は多いほうがいいに決まっている。思っていたのとは少し、否、大分違うけれど、これは確かに奇跡だった。あの三毛猫の生首は、果たしてどこでどう生きているのやら。ただしそれよりも何よりも、ペットシッターとしては、面構えがない同士、先住猫と仲良くしてくれるかどうかのほうが切実に気にかかる。給料は倍になったが、果たして仕事は倍で収まるのかどうか。謎も懸念も取り越し苦労も、深まるばかりである。ところで、鬼怒楯岩大吊橋ツキヌは、尽きることなくまにまに思う。こういうのも多頭飼いって言うのかしらん?

本書は「群像」２０２３年10月号掲載の「鬼怒楯岩大吊橋ツキヌの汲めども尽きぬ随筆という題名の小説」に改稿を加え単行本化したものです。

この作品はフィクションです。
登場する人物、団体は、実在するいかなる個人、団体とも関係ありません。

西尾維新（にしお・いしん）

一九八一年生まれ。『クビキリサイクル 青色サヴァンと戯言遣い』で第二三回メフィスト賞を受賞し、デビュー。戯言シリーズ、〈物語〉シリーズ、忘却探偵シリーズ、返却怪盗シリーズなど著書多数。

鬼怒楯岩大吊橋《きぬたていわおおつりばし》ツキヌの汲《く》めども尽《つ》きぬ随筆《ずいひつ》という題名《だいめい》の小説《しょうせつ》

二〇二四年四月一五日　第一刷発行

著者　西尾維新《にしおいしん》

発行者　森田浩章

発行所　株式会社講談社

〒一一二-八〇〇一

東京都文京区音羽二丁目一二-二一

電話　編集　〇三-五三九五-三五〇六

販売　〇三-五三九五-五八一七

業務　〇三-五三九五-三六一五

本文データ制作　TOPPAN株式会社

印刷所　TOPPAN株式会社

製本所　株式会社若林製本工場

装画　ヒグチユウコ

装幀　名久井直子

 ISBN978-4-06-535659-3　N.D.C.913 162p 19cm

西尾維新

FIRST SEASON
[化物語(上・下)]
[傷物語]
[偽物語(上・下)]
[猫物語(黒)]

SECOND SEASON
[猫物語(白)]
[傾物語]
[花物語]
[囮物語]
[鬼物語]
[恋物語]

FINAL SEASON
[憑物語]
[暦物語]
[終物語(上・中・下)]
[続・終物語]

OFF SEASON
[愚物語]
[業物語]
[撫物語]
[結物語]

MONSTER SEASON
[忍物語]
[宵物語]
[余物語]
[扇物語]
[死物語(上・下)]

[戦物語]

西尾維新
NISIOISIN

Illustration VOFAN

KODANSHA BOX

西尾維新
NISIOISIN
Illustration / VOFAN
講談社